U0092918

我愛日本語

日本語大好き

e日本語教育研究所　編著
白寄まゆみ　監修

Nihongo Daisuki

三民書局

國家圖書館出版品預行編目資料

日本語大好き－我愛日本語IV / e日本語教育研究所編著.－－初版一刷.－－臺北市：三民，2008

冊；　公分

含索引

ISBN 978-957-14-5098-8　(精裝)

1. 日語 2. 讀本

803.18　　96013147

© 日本語大好き－我愛日本語IV

編著者	e日本語教育研究所 (白寄まゆみ 監修)
責任編輯	李金玲　陳玉英
插畫設計	陳書嫻 (本文)　吳玫青 (會話)
發行人	劉振強
發行所	三民書局股份有限公司 地址　臺北市復興北路386號 電話　(02)25006600 郵撥帳號　0009998-5
門市部	(復北店) 臺北市復興北路386號 (重南店) 臺北市重慶南路一段61號
出版日期	初版一刷　2008年11月
編號	S 806811

行政院新聞局登記證局版臺業字第〇二〇〇號

ISBN　978-957-14-5098-8　(精裝)

http://www.sanmin.com.tw　三民網路書店

前　言

e日本語教育研究所是個「以學習者爲本位的知識協創型組織」，自2002年4月4日成立以來，主要從事日語教育研究，並舉辦台灣等亞洲各國短期留學生的外語研修課程。

我們的主張——「教育絕對不是單向」。不同於一般教材單純只以教師爲出發點，本教材除了日語教育專家之外，並廣邀「有日語學習經驗者」、「目前正在學習日語者」、「有志從事日語教職者」以及「日本大學生」等，共同參與教材開發（意即協力創造，故名協創）。類似此舉將學習一方的「觀點」納入教材製作的做法，相信是以往不曾有的新例。從登場人物的設定，到故事的展開，在在都是以學習者的觀點作爲第一考量。

本教材於2002年初步完成，之後陸續經過多次修訂，除作爲e研內部研修課程使用外，並獲得外界，包含多家日語教育機構、日語教師養成講座等的賞識與使用，得到諸如：「能快樂學習」「終於等到這樣的教材了」等等許多令人欣喜的迴響。

此次，這套聆聽「學習者心聲」的創新教材，正式定名爲《日本語大好き(我愛日本語)》，委由三民書局出版。

在此謹向參與本教材製作的各方先進、協助出版的三民書局，以及《日本語大好き》的前身《愛ちゃんテキスト》的許多學習者，衷心表達感謝之意。也願我們的社會，能夠成爲本教材所欲傳達的理念，亦即一個充滿“ Love & Peace ”的社會。

全體編著者　謹識

凡　例

●對象

《我愛日本語》全 50 課，共分四冊，完全以初學日語的學習者爲對象所編寫。

●目標

本教材重視均衡習得「聽、說、讀、寫」四項技能，目標爲培養能聽懂對方話語以及傳達自我想法的運用力與溝通能力，並希冀學習者能從中感受到學習的樂趣。

●架構

《我愛日本語》除「課本」外，另有「ＣＤ」及「教師用書」。教學時數依學習對象與學習方式有所不同，建議每一課的學習時數以 3 小時爲宜。(全四冊的學習時數共約 150 小時)

●內容

1.「課本」

1) 第38課到第50課

各課單元如下：

① 単語リスト (單字表)

每課列表整理新出單字。爲方便有心報考日語能力測驗的學習者能有效率地記憶單字，特別以顏色區別 3 級(褐色)與 4 級(藍色)單字。

② イントロ (引文)

以中文引導課文中的故事情節，吸引學習者的興趣。

③ 本文 (課文)

全教材貫穿 “Love & Peace” 的主題，隱含對 22 世紀成爲充滿愛與和平的世界的期盼。藉由教科書前所未見的登場人物設定，跟隨主角的各種生活場景展開故事情節。故事內容涵蓋對未來生活的想像、未來與現代社會的落差、不同文化之間的交流等，能令學習者興致盎然，在閱讀中內化該課習得的句型。

④ **文型** (句型)

以 ▭ 圖框及底線凸顯每課基本句型，將文法結構以視覺方式呈現，下方並有例句或簡短對話提示在實際生活中如何使用。

⑤ **練習** (練習)

練習方式多元化，幫助學習者徹底熟悉基本句型。練習時請按照提示，模仿例句學習。

⑥ **話しましょう** (開口說)

透過對話練習可以了解基本句型在實際場景如何使用、如何發揮談話功能。提供練習的對話雖然簡短，經過改換字彙就成了替代練習，大幅增加開口說話的機會。

⑦ **e 研講座** (e 研講座)

內容爲整理該課出現的文法事項，或是提供相關字，以最有利於吸收的方式增加單字量。取材於學習者感興趣的問題，從而增進對日語文相關知識的理解。

⑧ **知恵袋** (智慧袋)

題材涵蓋不只日語學習，同時希望學習者能深入理解日本、日本人、日本文化、日本的生活、日本的習慣等的小專欄，足見編著者的用心。

2) 索引・補充單字

書後索引按照 50 音排列各課新出字彙、重要語句等，並標明首次出現的課次。至於散見於各課但未列在單字表的補充單字，則依頁次順序另做整理，加上重音及中譯，附於索引之後。

2. ＣＤ

ＣＤ錄有各課新出字彙、課文、開口說等單元內容。希望學習者除了留意重音與語調學習發音外，也能夠透過課文等的對話，熟悉自然的日語交談模式，習得聽力與說話的時機。

3. 表記注意事項

1) 漢字原則上依據「常用漢字表」。「熟字訓」(由兩個以上漢字組成、唸法特殊的複合字) 中若出現「常用漢字表」之「付表 (附表)」列出的漢字者，亦適用之。

2) 原則上依據「常用漢字表」和「付表」標示漢字與假名讀音，唯考量到學習者的閱讀方便，有時亦不用漢字而僅用假名。
例：　ある（有る・在る）　　　きのう（昨日）

致學習者的話

本書是專爲日語初學者編寫的日語教科書。

書中許多設計，除了是要讓學習者學會如何在各種場合用日語溝通之外，更希望讓學習日語變成一件快樂的事。尤其是本書的最大特點 —— 擁有一般初級日語教科書沒有的「小說情節」。以“Love & Peace”爲主題的故事，相信能夠吸引學習者在探索兩位主角「愛」與「思比佳」的故事同時，充滿樂趣地一步步靠自己的日語能力解開思比佳的秘密。

從初級教科書中首見的登場人物類型，到小說式的情節、漫畫般的插圖等等，都是希望藉由這些用心，吸引到更多學習者對日語產生興趣，進而繼續深入學習第二冊、第三冊、第四冊。

●本書特色

① 清楚標示日語能力測驗之 3 級與 4 級單字。

② 課程網羅日語能力測驗之 3 級與 4 級文法。

③ 本文創新融入帶點推理情節的故事編排。

④ 單元編排兼顧關連性，著重運用能力的養成。

⑤ 豐富多樣的補充字及圖表，幫助延伸學習。

⑥ 非爲考試學習日語，爲獲得日語能力而學習。

⑦ 可以學到現代日本社會中使用的自然會話。

⑧ 習得的是「實際生活中的日語」，而非「教室中的日語」。

⑨ 創意的學習流程建議

以「イントロ」引導學習興趣 → 進行「文型（ぶんけい）」有系統地學習 → 藉由「練習（れんしゅう）」深化印象 → 閱讀具有故事性的「本文（ほんぶん）」感受學習日語的樂趣 → 藉由連結日常場景的「話（はな）しましょう」提升溝通能力。

另外，從「知恵袋（ちえぶくろ）」了解日本、日本人及其文化、生活、習慣等，從「e研講座（けんこうざ）」深入理解日語的相關知識。

●學習方式

① **熟記單字**。學語言的基本就在於背單字。背的時候不要只記單字，不妨連結相關事物的詞彙一起記。例如看到「高い」這個單字時，可以記下如「１０１ビルは高いです。」的句子，即利用週遭事物與事實造個短句背誦，不僅容易記又能立即運用。

② **充分活用「文型」**。「文型 (句型)」正如字面所示，是「文の型 (句子的形態)」，請替換詞語多加練習，例如套用自己常用的詞彙或是感興趣的語句。練習時，不要只想著句型文法是否正確，最好連帶思考該句型是在什麼場合、什麼狀況下使用才適宜。例如在實際生活中，不可能有人拿著一本明眼人都知道是日文的書，口中卻介紹「これは日本語の本です。」(但這卻是課堂上常見的實例)。理由是句子雖然是對的，但是不這麼用。應該是要連同句型使用的時機，在上述例子中為用於介紹陌生的事物，也一併記住才正確。
文型之後，請**挑戰「練習」**。在「文型」中有系統學習到的語句，可以藉由「練習」連結到日常生活中溝通應用。

③「イントロ」的中文說明是針對課文，幫助學習者更容易了解稍後的閱讀內容，以及引起其興趣。**讀完「イントロ」後再看課文**，學習者可以感受到即使是一大篇日語文章，卻能不費力地「看懂」的喜悅。隨著每一課的閱讀，逐步解開「スピカ」到底是何許人的謎團，期待後續的情節進展。
另外，聆聽CD的課文錄音，除了留意會話的重音、語調學習發音外，也能習慣自然的日語交談模式，學習聽解與說話的時機。強烈建議學習者模仿登場人物的口吻練習說看看。本教材編排著重日本社會中使用的自然會話，不同於以往僅以教室使用的日語作為內容的教科書，所以能讓教室中的所學與實際社會接觸的日語零距離，馬上就可以運用。學了立即練習是上手的關鍵。課文後的Q＆A，不妨先以口頭回答，之後再書寫答案。

④ 進行**「話しましょう」**。先分配A與B等角色，數個人一起練習。第一遍**邊聽CD邊開口大聲說**，之後再自行練習，如此可以學習自然的發音。應用會話的部分可以自己更改語句，設計對話。不要害怕說錯，想要提高會話能力就要積極開口說，持續不間斷。

⑤**「知恵袋（ちえぶくろ）」**是依據該課出現的內容，就相關的日本、日本人、日本文化、日本的生活、日本的習慣等面向作介紹。了解日本，並用於幫助實際的對話溝通。

⑥**「e研講座（けんこうざ）」**是整理與釐清日語學習者腦海中可能出現的問題，同時也提供有心想多學一點的學習者「更進一步」了解的功能。請務必吸收、消化，清楚概念後再進行下一單元。

語言只是一種工具。太機械性光背單字、語句毫無意義。有些人會因爲太拘泥文法，學了好幾年仍無法使用日語溝通。其實應該這麼想：因爲是外國話，說錯是很自然的。不要害怕錯誤，要積極地說。運用力、溝通能力才是語言學習上最重要的東西。此外，認識日本、日本人及其文化、生活、習慣等，日語能力才能夠充分發揮，請不要遺漏「知恵袋（ちえぶくろ）」與「e研講座（けんこうざ）」的說明。

目次

▶ NはNというNです。

　▶ [普通体のV]というN・・・

▶ [文(普通体)]らしいです。　※ [N／なAdj]らしいです。

▶ [人]は[人]をV使役形ます。（V＝自動詞）

▶ [人]は[人]に[物]をV使役形ます。（V＝他動詞）

▶ [人]は[人]をV使役形ます。／[人]は[人]に[物]をV使役形ます。（許可）

　▶ V使役て形[ください／くださいませんか／もらえませんか／いただけませんか]。

▶ Vない形で、Vます。

　▶ V~~ない~~ずに、Vます。

▶ [V辞書形／Nの]ために、Vます。（目的）

▶ [文(普通体)]ために、Vます。（原因）　※ [Nの／なAdjな]ために、Vます。

▶ [普通体のV]のは[Nです／いAdjです／なAdjです]。

▶ [普通体のV]のが[Nです／いAdjです／なAdjです／Vます]。

▶ [文(普通体)]のをVます。　※ [Nな／なAdjな]のをVます。

▶ V辞書形のに[いAdjです／なAdjです／Vます]。

▶ [Vた形／いAdj(〜✕)かった／なAdjだった／Nだった]ら、Vます。（仮定の条件）

▶ [Vて形／いAdj(〜✕)くて／なAdjで／Nで]も、Vます。

　▶ [疑問詞]〜Vて形も、[Nです／いAdjです／なAdjです／Vます]。

▶ [V条件形／いAdj(〜✕)ければ]、Vます。

　▶ [N／なAdj]なら、Vます。

▶ Vた形ら、Vます。（予定行動）

日本語大好き
スタート

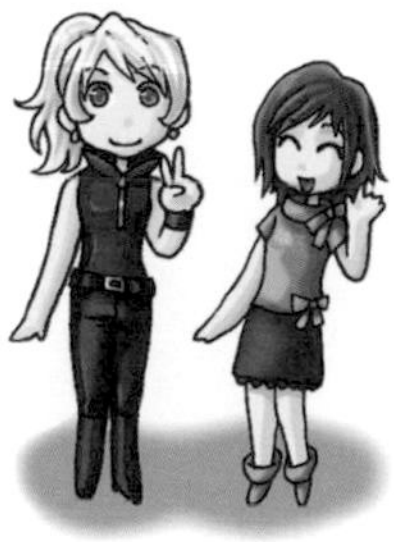

単語

CD A-02

神社（じんじゃ）1	(日本)神社
博物館（はくぶつかん）4, 3	博物館
国立競技場（こくりつきょうぎじょう）0	國立競技場
オリンピック 4	奧林匹克運動會
会場（かいじょう）0	會場
説明会（せつめいかい）3	說明會
歩道（ほどう）0	步道，人行道
行列（ぎょうれつ）0	隊伍
都市（とし）1	都市
工業（こうぎょう）1	工業
生産（せいさん）0	生產
力（ちから）3	力氣，力量；能力
服（ふく）2	衣服
お釣（つ）り 0	找零，零錢
亀（かめ）1	烏龜
お姫様（ひめさま）2	(尊稱權貴之女)公主
科学者（かがくしゃ）2	科學家
すり 1	扒手
泥棒（どろぼう）0	小偷，賊
ベル 1	貝爾(電話發明人)
ライト兄弟（きょうだい）4	萊特兄弟(飛機發明人)
コロンブス 2	哥倫布(美洲發現者)
大事（だいじ）(な) 3, 0	重要(的)；保重，愛惜
無事（ぶじ）(な) 0	平安無事(的)

しかります 4【しかる 0】	罵，斥責
開（ひら）きます 4【開く 2】	打開；舉辦
踏（ふ）みます 3【踏む 0】	踩，踏
汚（よご）します 4【汚す 0】	弄髒，污損
割（わ）ります 3【割る 0】	割，裂
いじめます 4【いじめる 0】	欺負，虐待
建（た）てます 3【建てる 2】	建造
ほめます 3【ほめる 2】	稱讚，讚揚
開催（かいさい）します 6【開催する 0】	舉辦
発見（はっけん）します 6【発見する 0】	發現
発明（はつめい）します 6【発明する 0】	發明
翻訳（ほんやく）します 6【翻訳する 0】	翻譯
輸出（ゆしゅつ）します 5【輸出する 0】	輸出，出口
輸入（ゆにゅう）します 5【輸入する 0】	輸入，進口
行（おこな）います 5【行う 0】	做；舉行
怒（おこ）ります 4【怒る 2】	生氣
以上（いじょう）1	以上
以内（いない）1	以內，之內
代（か）わり 0	代替，代理
それで 0	因此，所以
だいたい 0	大致
とうとう 1	終於，結果
～によって	依據～，由～

第38課 「22世紀の　友達」

CD A-03

大家知道京都嗎？京都有很多古老的寺院、神社，也有著名的慶典。小愛這次被選爲時代慶典的公主角色，思比佳與奇皮也來觀看。正巧思比佳遇到了久違的朋友……

愛が　お祭りの　お姫様に　選ばれたので、スピカと　愛は　京都に　来ました。

京都は　日本の　古い　町で、有名な　お寺や　神社が　たくさん　あります。特に　清水寺は　人気が　ある　お寺で、1200年以上前に　建てられました。二人は　お祭りの　前の　日に　清水寺を　見学しました。

お祭りの　日です。

愛は　お祭りに　出るので、先に　出かけました。スピカは　一人で　お祭りの　会場に　来ました。このお祭りは　約　1000年以上前から　行われて　います。

おおぜいの　人が　昔の　着物を　着て　町の　中を　歩きます。歩道に　人が　おおぜい　立って　います。カメラや　ビデオを　持って　いる　人も　います。スピカは　人に　押されて　倒れました。

「大丈夫ですか。」

スピカは　若い　男の　人に　助けられました。

「どうも　ありがとうございました。」

「スピカ、スピカだね。」

「あっ、ルーク。どうして　こんな　ところに　いるんですか。」

「ちょっと・・・。」

お祭りの　行列が　来ました。だいたい　100人ぐらいの　行列です。愛は　牛が　引いて　いる　車に　乗って　います。
今日は　とても　暑いです。とうとう　牛は　倒れて　しまいました。

「チッピー、牛に　なって　ください。」

チッピーが　かばんから　出て　来ました。そして、木の　後ろに　行きました。1秒以内に　チッピーは　牛に　なりました。
牛の　代わりの　チッピーは、お祭りの　行列の　中に　入りました。

「チッピー、ありがとう。
　チッピーの　力は　すごいです。」

お祭りは　無事に　終わりました。

①愛と　スピカは　どうして　京都へ　来ましたか。

____

②お祭りは　何年ぐらい前から　行われて　いますか。

____

③スピカは　だれに　助けられましたか。

____

④チッピーは　何に　なりましたか。____________________

38-1 わたしは　先生に　ほめられました。

妹	は	母	に	しかられます。
子供		男の人		助けられました。
わたしたち		先生		招待されました。

- 鈴木さんは　ワンさんに　夜市に　誘われました。
- 友達に　会社の　電話番号を　聞かれました。
- わたしは　課長に　コピーを　頼まれました。
- 大事な　書類を　なくしました。それで、佐藤さんに　怒られました。
- 亀は　子供たちに　いじめられましたが、浦島太郎に　助けられました。

知恵袋　『夜市』日本にはない？？

「夜市」在台灣非常普遍且世界聞名，可惜日本沒有這樣熱鬧的地方。類似台灣夜市在路兩旁推車擺攤的情景，日本通常只有在舉行「お祭り」的時候才看得到。這種擺攤小店被稱為「屋台(推車攤販)」或「露店(地攤)」。有賣吃的，如「焼きそば(炒麵)」「綿菓子(棉花糖)」「かき氷(刨冰)」等，也有提供像是「金魚すくい(撈金魚)」「輪投げ(套圈圈)」等玩樂的攤位。廟會慶典結束後，攤販會移動到其他有廟會的地點。在日本，比較具台灣夜市規模的大概是九州福岡市博多的「屋台街」。由於日本沒有夜市，所以在日本觀光客眼中，具獨特美食文化的台灣夜市就成為最具人氣的觀光景點。

受身形の作り方

I類動詞

洗います→　洗われる
行きます→　行かれる　（い段音→あ段音+れる）
話します→　話される
持ちます→　持たれる
飲みます→　飲まれる
知ります→　知られる
呼びます→　呼ばれる

II類動詞

食べます→　食べられる
見ます→　見られる

III類動詞

＊来ます→　＊来られる
＊します→　＊される
勉強します→　勉強される

I類和III類動詞的變化特別

38-2 わたしは　弟(おとうと)に　時計(とけい)を　壊(こわ)されました。

わたし 兄(あに) 弟(おとうと)	は	だれか 友達(ともだち) 父(ちち)	に	足(あし) ノート 漫画(まんが)	を	踏(ふ)まれました。 なくされました。 捨(す)てられました。

- ▸ 電車(でんしゃ)の　中(なか)で　父(ちち)は　すりに　財布(さいふ)を　盗(ぬす)まれました。
- ▸ 母(はは)は　妹(いもうと)に　服(ふく)を　汚(よご)されました。
- ▸ 兄(あに)は　犬(いぬ)に　手(て)を　かまれました。
- ▸ 友達(ともだち)に　大事(だいじ)な　花瓶(かびん)を　割(わ)られました。
- ▸ 母(はは)は　店員(てんいん)に　お釣(つ)りを　間違(まちが)えられました。
- ▸ 兄(あに)は　友達(ともだち)に　新(あたら)しい　カメラを　なくされました。

- ▸ わたしは　先生(せんせい)に　絵(え)を　ほめられました。

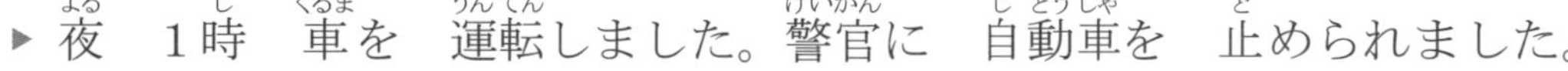

- ▸ 夜(よる)　1時(じ)　車(くるま)を　運転(うんてん)しました。警官(けいかん)に　自動車(じどうしゃ)を　止(と)められました。

38-3a この博物館(はくぶつかん)は　500年前(ねんまえ)に　建(た)てられました。

- その小説(しょうせつ)は　英語(えいご)に　翻訳(ほんやく)されて　います。
- 毎年(まいとし)　ここで　国際会議(こくさいかいぎ)が　開(ひら)かれます。
- あのオートバイは　いろいろな　国(くに)に　輸出(ゆしゅつ)されて　います。

⇔ 輸入(ゆにゅう)されて

- 先週(せんしゅう)　日本語学校(にほんごがっこう)の　説明会(せつめいかい)が　講堂(こうどう)で　行(おこな)われました。
- 東京(とうきょう)オリンピックが　開催(かいさい)されたとき、国立競技場(こくりつきょうぎじょう)が　できました。
- この工業都市(こうぎょうとし)では、毎日(まいにち)　3000台(だい)の　車(くるま)が　生産(せいさん)されて　います。

38-3b 電話(でんわ)は　ベルに　よって　発明(はつめい)されました。

- 飛行機(ひこうき)は　ライト兄弟(きょうだい)に　よって　発明(はつめい)されました。
- アメリカは　コロンブスに　よって　発見(はっけん)されました。
- あの星(ほし)は　フランスの　科学者(かがくしゃ)に　よって　発見(はっけん)されました。
- この歌(うた)は　アメリカの　若(わか)い　歌手(かしゅ)に　よって　歌(うた)われました。
- 大阪城(おおさかじょう)は　豊臣秀吉(とよとみひでよし)に　よって　建(た)てられました。

Ⅰ 例）わたし［は］　愛です。

①このビルは　有名な　建築家□　よって　建てられました。

②愛は　足□　踏まれました。

③この話は　22世紀で　おおぜい□　子供たちに　読まれて　いるんですよ。

④愛と　スピカは　そのパーティー□　招待されました。

⑤この星□　50年前に　発見されました。

Ⅱ 例）母は　毎朝　7時に　兄を　起こします。

→　兄は　毎朝　7時に　母に　起こされます。

①警官は　田中さんを　注意しました。

→

②マリアさんは　鈴木さんを　呼びました。

→

③みんなは　わたしを　笑いました。

→

④社長は　チンさんに　運転を　頼みました。

→

⑤外国人は　英語で　わたしに　道を　聞きました。

→

Ⅲ 例）犬は　兄の　コートを　汚しました。

→　兄は　犬に　コートを　汚されました。

①隣の　人は　わたしの　テストを　見ました。

→

②妹は　わたしの　パソコンを　壊しました。

→

③泥棒は　わたしの　スーツケースを　盗みました。

→

④弟は　父の　茶わんを　割りました。

→

⑤母は　わたしが　作った　ケーキを　ほめました。

→

Ⅳ例）音楽の　授業で　この歌を　歌います。

→　この歌は　音楽の　授業で　歌われて　います。

①いろいろな　国で　この映画を　見ます。

→

②おおぜいの　人が　この小説を　読みます。

→

③イギリスでも　この魚を　食べます。

→

④世界中で　このお酒を　飲みます。

→

⑤日本や　台湾で　漢字を　使います。

→

Ⅴ例）２年前に　あのビルを　建てました。

→　あのビルは　２年前に　建てられました。

①来月　この家を　壊します。

→

②今度の　土曜日に　運動会を　行います。

→

③先週　説明会を　大学で　開きました。

→

VI 例(れい)）ベルが　電話(でんわ)を　発明(はつめい)しました。

→　電話(でんわ)は　ベルに　よって　発明(はつめい)されました。

①イギリス人(じん)が　この本(ほん)を　翻訳(ほんやく)しました。

→

②大学生(だいがくせい)が　この曲(きょく)を　作(つく)りました。

→

③日本人(にほんじん)が　このビルを　建(た)てました。

→

VII

例(れい)）盗(ぬす)む	ケーキ
① 割(わ)る	服(ふく)
② 踏(ふ)む	パスポート
③ 壊(こわ)す	足(あし)
④ 汚(よご)す	時計(とけい)
⑤ 食(た)べる	花瓶(かびん)

例(れい)）パスポートを　盗(ぬす)まれました。

①＿＿＿＿＿＿＿＿＿＿

②＿＿＿＿＿＿＿＿＿＿

③＿＿＿＿＿＿＿＿＿＿

④＿＿＿＿＿＿＿＿＿＿

⑤＿＿＿＿＿＿＿＿＿＿

話しましょう

CD A-04,05,06

Ⅰ

A：これは　何(なん)の　写真(しゃしん)ですか。

B：それは　①オリンピックの　写真(しゃしん)です。

A：いつ　②行(おこな)われましたか。

B：③去年(きょねん)です。

（1）①東京(とうきょう)タワー　②建(た)てます　③1958年(ねん)

（2）①昔(むかし)の　お皿(さら)　②作(つく)ります　③500年(ねん)ぐらい前(まえ)

（3）①桜(さくら)　②植(う)えます　③学校(がっこう)が　できた　とき

Ⅱ

A：困(こま)りました。

B：どうしたんですか。

A：①子供(こども)に　②時計(とけい)を　③壊(こわ)されました。

B：それは　たいへんですね。

（1）①泥棒(どろぼう)　②財布(さいふ)　③盗(ぬす)みます

（2）①友達(ともだち)　②大切(たいせつ)な　本(ほん)　③なくします

（3）①犬(いぬ)　②靴(くつ)　③汚(よご)します

応用会話(おうようかいわ)

A：クリスマスの　コンサートで　ピアノを　弾(ひ)きました。
　　先生(せんせい)に　「上手(じょうず)に　弾(ひ)けましたね。」と　ほめられました。

B：それは　よかったですね。
　　コンサートは　どこで　開(ひら)かれましたか。

A：ルーテル教会(きょうかい)です。

B：去年(きょねん)　建(た)てられた　教会(きょうかい)ですね。

MEMO

単語

 CD A-07

単語	
屋根（やね）1	屋頂
島（しま）2	島，島嶼
日（ひ）0	太陽
郊外（こうがい）1	郊外，市郊
そば 1	旁邊，附近
大雨（おおあめ）3	大雨
レジ 1	收銀機；結帳處
オーバー 1	大衣
下着（したぎ）0	內衣褲
ダイビング 1, 0	潛水
自動翻訳機（じどうほんやくき）7	自動翻譯機
規則（きそく）1, 2	規則
見直し（みなおし）0	重新認識，重新檢視
▼	
うれしい 3	高興的，歡喜的
悲しい（かなしい）0	悲哀的，悲傷的
硬い（かたい）0	堅硬的；生硬的
細かい（こまかい）3	細小的，零碎的
恥ずかしい（はずかしい）4	害羞的；丟臉的
激しい（はげしい）3	激烈的
嫌（いや）（な）2	討厭(的)，不喜歡(的)
心配（しんぱい）（な）0	擔心(的)
必要（ひつよう）（な）0	必要(的)，必須(的)
熱心（ねっしん）（な）1, 3	熱心(的)，熱切(的)
幸せ（しあわせ）（な）0	幸福(的)
苦手（にがて）（な）0, 3	不擅長(的)，笨拙(的)
退屈（たいくつ）（な）0	無聊(的)
絶対（ぜったい）0	絕對
▼	
受験生（じゅけんせい）2	考生
同僚（どうりょう）0	同事
主任（しゅにん）0	主任
▼	
合（あ）います 3【合う 1】	適合；一致
折（お）れます 3【折れる 2】	彎摺；折斷
すきます 3【すく 0】	不擠，有空間
楽（たの）しみます 5【楽しむ 3】	享受；期待
吹（ふ）きます 3【吹く 1, 2】	吹
暮（く）れます 3【暮れる 0】	天黑；季末，歲暮
取（と）り替（か）えます 5【取り替える 0】	更換；交換
取（と）れます 3【取れる 2】	脫落
なめます 3【なめる 2】	舔
～続（つづ）けます【～続ける】	一直～，持續～
眠（ねむ）り続（つづ）けます 7【眠り続ける 6】	一直睡

第39課 「健(けん)と　ミミ」

CD A-08

鈴木家的寵物是叫做咪咪的小貓。咪咪與小愛的弟弟小健感情最要好，牠經常守候小健做功課，小健也最喜歡咪咪……

ミミは　健(けん)の　大切(たいせつ)な　ペットです。
今日(きょう)は　とても　暖(あたた)かくて　いい　天気(てんき)です。
今(いま)　午後(ごご)　2時(じ)です。ミミは　屋根(やね)の　上(うえ)で
気持(きも)ちよさそうに　昼寝(ひるね)を　して　います。

健(けん)は　部屋(へや)で　勉強(べんきょう)して　います。でも、とても　眠(ねむ)そうです。
受験生(じゅけんせい)なので、毎晩(まいばん)　1時(じ)まで　勉強(べんきょう)して　いるからです。
机(つくえ)の　上(うえ)には　苦手(にがて)な　英語(えいご)の　テキストが　あります。
健(けん)は　寝(ね)そうです。

そのとき、ミミが　窓(まど)から　健(けん)の　部屋(へや)に　入(はい)って　来(き)ました。
そして、健(けん)の　顔(かお)を　なめました。
健(けん)は　眠(ねむ)そうな　目(め)を　開(あ)けました。

「ミミ、ありがとう。
ぼくは　勉強(べんきょう)しなければ　ならないのに、
寝(ね)そうでした。」

ミミは　窓(まど)の　そばに　座(すわ)って　います。

「ミミ、お腹(なか)が　すいた？　ぼくと　遊(あそ)びたい？
何(なに)が　したい？」

ミミは　健(けん)を　見(み)て　います。

「ミミ、ごめん。ぼくは　ミミが　何(なに)を　したいか、わからないんだ。
ぼくは　ミミと　話(はなし)が　したい。」

ミミは　うれしそうに　「ニャー。」と　鳴(な)きました。

「そうだ。ぼくは　自動翻訳機を　作ろう。
お父さんの　機械の　本を　調べて　みよう。」

健は　一朗の　部屋から　機械の　本を　持って　来ました。
健は　いちばん　簡単そうな　ところを　読んで　みました。
健は　一生懸命　読みました。
でも、機械の　ことは　よく　わかりません。
自動翻訳機を　作る　ことは　簡単では　なさそうです。
作れそうも　ありません。
健は　また　眠く　なりました。

健は　夢を　見ました。夢の　中で
ミミが　健に　言いました。
「優しい　健ちゃん、
頑張って　勉強して　ください。
健ちゃんは　絶対　合格します。」
健は　幸せそうに　眠り続けて　います。

そうだ：(突然想到)對了

①どうして　健は　毎晩　勉強しなければ　なりませんか。

②健は　何が　苦手ですか。

③ミミは　どこから　健の　部屋に　入って　来ましたか。

④健は　どうして　自動翻訳機を　作ろうと　思いましたか。

⑤自動翻訳機は　簡単に　作れそうですか。

文型

39-1a このりんごは　おいし<u>そうです</u>。
あのりんごは　おいしく<u>なさそうです</u>。

このお菓子(かし) あのかばん この問題(もんだい)	は	甘(あま) よさ 簡単(かんたん)	そうです。

そのお菓子(かし) これ 試験(しけん)	は	甘(あま)く よく 簡単(かんたん)では	なさそうです。

> 甘(あま)~~い~~
> 簡単(かんたん)~~な~~　＋そうです（そうだ）
>
> ＊いい→よさそうです

- リーさんの　オーバーは　暖(あたた)かそうです。
- 隣(となり)の　テーブルの　人(ひと)が　食(た)べて　いる　パンは　硬(かた)そうです。
- 郊外(こうがい)の　生活(せいかつ)は　健康(けんこう)に　よさそうですが、退屈(たいくつ)そうです。
- 主任(しゅにん)は　規則(きそく)の　見直(みなお)しに　あまり　熱心(ねっしん)では　なさそうです。
- 駅員(えきいん)は　このカードで　ほとんどの　電車(でんしゃ)や　バスに　乗(の)れると　言(い)いました。細(こま)かい　お金(かね)は　必要(ひつよう)では　なさそうです。

おいしいです。

おいしそうです。

39-1b 雨が　降り<u>そうです</u>。
雨は　降り<u>そうも　ありません</u>。

赤ちゃんが　寝
花が　　　　咲き
仕事が　終わり
} そうです。

赤ちゃんは　寝
花は　　　　咲き
仕事は　終わり
} そうも　ありません。

- もうすぐ　日が　暮れそうです。
- あしたは　大雨に　なりそうです。
- 強い　風が　吹いて　木の　枝が　折れそうでした。
- この道路は　今　すいて　いますが、夕方から　込みそうです。
- 雪が　激しく　なりました。止みそうも　ありません。

39-2 子供は　おいしそうな　料理を　食べて　います。
子供は　おいしそうに　料理を　食べて　います。

おもしろ／簡単／同僚が　喜び　｝そうな｛　DVDに　取り替えます。／問題です。／プレゼントを　買いました。

悲し／心配　｝そうに｛　歌って　います。／子供の　帰りを　待って　います。

- 新しい　スーツに　合いそうな　靴を　探して　います。
- 取れそうな　ボタンを　直して　おきます。
- 涼しそうな　下着を　買いました。
- 健は　恥ずかしそうに　女の子と　踊って　います。
- 女の子は　嫌そうに　虫を　捕まえました。

練習

Ⅰ 例(れい)）わたし［は］　愛(あい)です。

①先生(せんせい)□　コート□　暖(あたた)かそうです。

②このいす□　壊(こわ)れそうです。

③彼(かれ)と　彼女(かのじょ)は　二人(ふたり)□　いる　とき、楽(たの)しそうです。

④キムさん□　英語(えいご)□　得意(とくい)そうです。

⑤先生(せんせい)は　お酒(さけ)□　好(す)きで□　なさそうです。

Ⅱ 例(れい)）あしたは　忙(いそが)しいです。→　あしたは　忙(いそが)しそうです。

①山本(やまもと)さんは　気分(きぶん)が　悪(わる)いです。→

②みんな　楽(たの)しいです。→

③あの映画(えいが)は　おもしろいです。→

④新(あたら)しい　ホテルは　豪華(ごうか)です。→

⑤鈴木(すずき)さんは　暇(ひま)です。→

Ⅲ 例(れい)）あしたは　忙(いそが)しくないです。

→　あしたは　忙(いそが)しくなさそうです。

①外(そと)は　暑(あつ)くないです。

→

②あのレストランは　あまり　よくないです。

→

③この部屋(へや)は　静(しず)かでは　ありません。

→

④兄(あに)の　新(あたら)しい　仕事(しごと)は　簡単(かんたん)では　ありません。

→

⑤木村(きむら)さんは　動物(どうぶつ)が　好(す)きでは　ありません。

→

Ⅳ**例）本が　落ちます。→　本が　落ちそうです。**

①いすが　壊れます。→

②火が　消えます。→

③花が　咲きます。→

④赤ちゃんが　泣きます。→

⑤授業が　始まります。→

Ⅴ**例）仕事は　終わりません。**

→　仕事は　終わりそうも　ありません。

①チンさんは　来ません。

→

②あの二人は　結婚しません。

→

③８時の　電車に　間に合いません。

→

④弟は　まだ　起きません。

→

⑤お金が　ないので、旅行できません。

→

話しましょう

CD A-09,10,11

Ⅰ

A：どの①ケーキが　いいでしょうか。

B：これは　どうですか。

　②おいしそうですよ。

A：そうですね。

　じゃ、それを　買いましょう。

（1）①小説　　②おもしろいです

（2）①かばん　　②丈夫です

（3）①カメラ　　②いいです

Ⅱ

A：①暗く　なりましたね。

B：そうですね。②雨が　降りそうです。

　③傘を　持って　行きましょう。

（1）①寒いです　　②雪が　降ります　　③早く　帰ります

（2）①風が　冷たいです　　②風邪を　引きます　　③コートを　着ます

（3）①人が　多いです　　②レジが　込みます

　③先に　買い物を　してから、休みます

応用会話

A：楽しそうですね。

B：ええ、金曜日から　月曜日まで　休みが　取れそうなんです。

　それで、沖縄の　島へ　行こうと　思って　います。

　きれいな　海で　ダイビングを　楽しむ　つもりです。

A：いいですね。

MEMO

単語

CD A-12

大学院（だいがくいん）4	大學研究所
老人（ろうじん）ホーム 5	老人之家，養老院
銭湯（せんとう）1	公共澡堂
男湯（おとこゆ）0, 3	男湯，男性大眾池
女湯（おんなゆ）0, 3	女湯，女性大眾池
冷房（れいぼう）0	冷氣
車（くるま）いす 3	輪椅
ボランティア 2	義工
サークル 1, 0	社團
活動（かつどう）0	活動
添付（てんぷ）ファイル 4	附加檔案
報告書（ほうこくしょ）5	報告書
件名（けんめい）0	(電郵)主旨
疑問（ぎもん）0	疑問
違（ちが）い 0	差異，差別；錯誤
文化（ぶんか）1	文化
環境（かんきょう）0	環境
銀河（ぎんが）1	銀河
放送（ほうそう）0	廣播，播送
中止（ちゅうし）0	中止，取消
	▼
毎月（まいつき）／毎月（まいげつ）0	毎月
年（とし）2	年；年齡
日時（にちじ）1, 2	日期、時間
ころ 1	時候，時期
現在（げんざい）1	現在
当時（とうじ）1	當時
場合（ばあい）0	場合，情形，時候

人々（ひとびと）2	人們
教授（きょうじゅ）0, 1	教授
年寄（としよ）り 3, 4	年長者
	▼
～県（けん）	～縣
～市（し）	～市
～まま	一如原樣，照舊
～によると	根據～
	▼
定期的（ていきてき）（な）0	定期性(的)
不自由（ふじゆう）（な）1, 2	不自由(的)
有意義（ゆういぎ）（な）3	有意義(的)
	▼
集（あつ）まります 5【集まる 3】	集合，聚集
向（む）かいます 4【向かう 0】	向，對，朝著
亡（な）くなります 5【亡くなる 0】	死亡，去世
受（う）けます 3【受ける 2】	收，接；接受
変（か）えます 3【変える 0】	變更，改變
続（つづ）けます 4【続ける 0】	繼續
まとめます 4【まとめる 0】	彙整，歸納
分（わ）かれます 4【分かれる 3】	區分，分成
報告（ほうこく）します 6【報告する 0】	報告
体験（たいけん）します 6【体験する 0】	體驗
変更（へんこう）します 6【変更する 0】	變更

第 40 課 「21世紀体験報告書(せいきたいけんほうこくしょ)」

CD A-13

小愛跟思比佳有參加大學的志工社團，兩人一起去訪問老人之家，跟老爺爺、老奶奶們聊得很開心。她們聊了些什麼呢？

「何(なに)を　して　いるんですか。」

「メールです。」

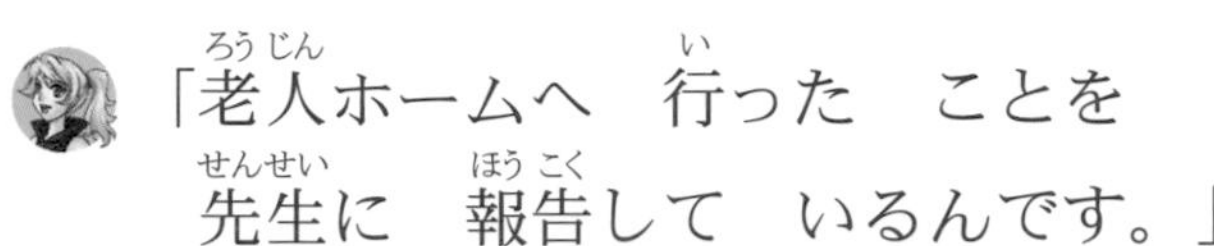

「老人(ろうじん)ホームへ　行(い)った　ことを
先生(せんせい)に　報告(ほうこく)して　いるんです。」

「22世紀(せいき)の　大学(だいがく)の？」

「はい。わたしは　21世紀(せいき)と　22世紀(せいき)の
違(ちが)いを　調(しら)べて　います。」

「それで、21世紀(せいき)で　体験(たいけん)した　ことを　報告書(ほうこくしょ)に
まとめて　提出(ていしゅつ)して　いるんです。」

件名(けんめい)：報告書(ほうこくしょ)

To：銀河大学文化環境学部(ぎんがだいがくぶんかかんきょうがくぶ)　オリオン先生(せんせい)

From：スピカ

オリオン先生(せんせい)

お元気(げんき)ですか。

先日(せんじつ)　ボランティア活動(かつどう)を　しに

老人(ろうじん)ホームへ　行(い)って　来(き)ました。

添付(てんぷ)ファイルで　その報告書(ほうこくしょ)を　送(おく)ります。

ボランティアは　有意義(ゆういぎ)な　活動(かつどう)なので、

これからも　続(つづ)ける　ことに　します。

よろしく　お願(ねが)いします。

スピカ

お元気(げんき)ですか：你(您)好嗎？

21世紀体験報告書

体験日時　　２０００年０月０日（火）
体験場所　　桜老人ホーム

私が 入って いる ボランティアサークルは 定期的に 老人ホームで 活動する ことに なりました。

私の 仕事は お年寄りの 方と 話を する ことです。私が 話した 佐藤さんは、足が 不自由で 車いすの 生活です。ご主人は 5年前に 亡くなったそうです。でも、とても 元気な 明るい 人で、車いすに 乗った まま、バスにも 電車にも 乗れるので、好きな 所へ 行けると 楽しそうに 話して くれました。

佐藤さんが 結婚した ころ、東京オリンピックが 開かれました。そして、同じ 年に、新幹線が できた そうです。現在は、便利な 物が たくさん あります。しかし、当時は、携帯電話も、パソコンも、スーパーや コンビニも ありませんでした。肉屋さん、魚屋さん、八百屋さんで 買い物を した そうです。家に おふろが なくて、近くの 『銭湯』へ 歩いて 行った そうです。『銭湯』は 料金を 払って 町の 人々が 入る おふろです。『男湯』と 『女湯』に 分かれて いて、知らない 人も 一緒に おふろに 入ります。私は ちょっと びっくりしました。でも、佐藤さんに よると、『銭湯』は とても 気持ちの いい 所だ そうです。今は、老人ホームの おふろに 入る ことが とても 楽しいと 言って いました。

帰る とき、佐藤さんに 「スピカさん、また 来て くださいね。」と 言われました。私は とても うれしかったです。22世紀では 老人ホームの 仕事は 全部 ロボットが して います。それで いいのでしょうか。疑問です。

次は ぜひ 20世紀へ 行きたいです。

①スピカが　大学の　先生に　送った　物は　何ですか。

____

②スピカは　老人ホームで　だれと　話を　しましたか。

____

③銭湯に　入る　とき、お金を　払いますか。

____

④東京オリンピックが　開かれた　年に　何が　できましたか。

____

⑤スピカが　疑問だと　思う　ことは　何ですか。

____

⑥スピカは　次に　どこへ　行きたいと　考えて　いますか。

____

40-1 佐藤(さとう)さんは　先生(せんせい)だ　そうです。

あした　雨(あめ)が　降(ふ)る
この映画(えいが)は　おもしろい
この大学(だいがく)は　有名(ゆうめい)だ
} そうです。

- チンさんは　来月(らいげつ)　フランスへ　行(い)く　そうです。
- 田中(たなか)さんは　神奈川県横浜市(かながわけんよこはまし)で　生(う)まれた　そうです。
- きのうの　テストは　易(やさ)しくなかった　そうです。
- お祭(まつ)りは　にぎやかだった　そうです。
- 運動会(うんどうかい)は　雨(あめ)で　中止(ちゅうし)だった　そうです。

	そうです（伝聞(でんぶん)）		そうです（様態(ようたい)）	
動　詞	雨(あめ)が降(ふ)る	そうです	雨(あめ)が降(ふ)り	そうです
い形容詞	このケーキはおいしい		このケーキはおいし	
	この時計(とけい)はいい		この時計(とけい)はよさ	
な形容詞	元気(げんき)だ		元気(げんき)	
名　詞	女(おんな)の子(こ)だ		×	

40-2 天気予報(てんきよほう) に　よると、あしたは　雨(あめ)だ　そうです。

ラジオ放送(ほうそう)	に　よると、	電車(でんしゃ)の　事故(じこ)が　あった	そうです。
新聞(しんぶん)		桜(さくら)が　咲(さ)いた	
先生(せんせい)		明日(あす)の　試験(しけん)は　難(むずか)しい	

- テレビの　ニュースに　よると、北海道(ほっかいどう)で　地震(じしん)が　あった　そうです。
- 中村(なかむら)さんの　話(はなし)に　よると、リンさんの　絵(え)は　とても　高(たか)い　そうです。
- 歴史(れきし)の　本(ほん)に　よると、この町(まち)は　昔(むかし)　にぎやかだった　そうです。
- 部長(ぶちょう)に　よると、田中(たなか)さんは　社長(しゃちょう)だ　そうです。
- 姉(あね)に　よると、結婚式(けっこんしき)に　１００人(にん)ぐらい　出席(しゅっせき)する　そうです。

40-3 毎朝 走る ことに します。

新しい パソコンを 買う ｝ことに します。
新聞社で アルバイトする ｝ことに します。
彼と 別れない ｝ことに します。

- 大学院の 試験を 受ける ことに しました。
- 太ったので、5キロ やせる ことに しました。
- もっと 広い マンションに 引っ越す ことに しました。
- 研究を 続けたいので、国に 帰らない ことに しました。
- 台風の 場合は 予定を 変更する ことに します。

40-4 日本語の 勉強を 続ける ことに なりました。

毎月 1回 大阪へ 出張する ｝ことに なりました。
会議は 東京で 開かれる ｝ことに なりました。
この神社は 壊さない ｝ことに なりました。

- 夕方 5時に 集まる ことに なりました。
- 北海道へ 向かう ことに なりました。
- 会社の 名前を 変える ことに なりました。
- あさって スミス教授と 相談する ことに なりました。
- 社長は アメリカに 行かない ことに なりました。

40-5 冷房(れいぼう)を　つけた**まま**　寝(ね)ました。

- 窓(まど)を　開(あ)けたまま　出(で)かけました。
- 眼鏡(めがね)を　かけたまま　おふろに　入(はい)って　しまいました。
- 時間(じかん)が　なかったので、立(た)ったまま　おそばを　食(た)べました。
- 本(ほん)を　借(か)りたまま　返(かえ)しませんでした。
- 畳(たたみ)の　部屋(へや)に　靴(くつ)を　はいたまま　入(はい)っては　いけません。

知恵袋　新幹線の名前??

日本將營運時速超過200公里以上的鐵路系統稱之為「新幹線(しんかんせん)(=新(あたら)しい幹線(かんせん))」，有別於一般普通列車。新幹線最先於1964年開始營運，當時只行駛於東京到大阪之間，名稱有「ひかり」和「こだま」這兩種。後來新幹線路線擴大到日本全國各地，名稱也就陸續增加。以東京出發來看，『のぞみ』是開往九州福岡的博多，『はやて』開往本州最北部的青森縣，『つばさ』則開往山形，光看名字就可以知道列車是開往哪裡，一目瞭然。大家若到日本遊玩時，別忘了一定要體驗看看新幹線時速300公里左右的急速快感。

Ⅰ 例）わたし［は］ 愛です。

①わたしは　チンさん□　「今度　家へ　来て　ください。」□
言われました。

②佐藤さん□　社長は　来週　会う　こと□　なりました。

③天気予報□　よると、あした　寒く　なる　そうです。

④友達に　メール□　もらったまま　連絡しませんでした。

⑤姉□　買った　靴は　フランス□だ　そうです。

Ⅱ 例）コーさんは　国へ　帰ります。
→　コーさんは　国へ　帰る　そうです。

①木村さんは　来週　会社を　休みます。
→

②マリアさんは　肉を　食べません。
→

③この本は　おもしろいです。
→

④ゆうべ　雪が　降りました。
→

⑤今日　先生は　学校に　来ません。
→

Ⅲ 例）鈴木さん・この小説は　有名です
→　鈴木さんに　よると、この小説は　有名だ　そうです。

①中村さん・毎日　３時間　勉強します
→

②このメール・明日　試験です

→

③今朝の　ニュース・台風が　来ます

→

④母の　話・父は　昔　絵を　かいて　いました

→

⑤佐藤さんの　手紙・男の子が　生まれました

→

Ⅳ例）A：今度の　映画は　（　おもしろ　）　そうですね。

B：ええ、雑誌に　よると、（　おもしろい　）　そうですよ。

①A：ワンさんは　（　　　　　　）　そうですね。

B：ええ、部長に　よると、今週は　（　　　　　　）　そうですよ。

②A：外は　（　　　　　　）　そうですね。

B：ええ、天気予報に　よると、あしたも　（　　　　　　）　そうですよ。

③A：お祭は　（　　　　　　）　そうですね。

B：ええ、ニュースに　よると、（　　　　　　）　そうですよ。

④A：あしたの　テストは　（　　　　　　）　そうですね。

B：ええ、先生に　よると、（　　　　　　）　そうですよ。

⑤A：新しい　パソコンは　（　　　　　　）　そうですね。

B：ええ、買った　人の　話に　よると、とても　（　　　　　　）

そうですよ。

~~おもしろい~~　簡単な　いい　にぎやかな　暑い　忙しい

Ⅴ例）来月　フランスへ　行きます。

　→　来月　フランスへ　行く　ことに　しました。

①生け花を　習います。

→

②犬を　飼います。

→

③リーさんを　旅行に　誘います。

→

④パソコンの　会社に　勤めます。

→

⑤来週の　会議に　出席します。

→

Ⅵ例）かばんを　預かりました。

　→　かばんを　預かったまま　忘れて　しまいました。

①食器を　使いました。

→

②男の人が　倒れました。

→

③テストの　答えを　間違えました。

→

④新しい　スーツを　買いました。

→

⑤その席に　座ります。

→

~~忘れてしまいました~~・片付けませんでした・直しませんでした 立たないでください・１回も着ていません・動きませんでした

話しましょう

CD A-14,15,16

I

A：渡辺(わたなべ)さんから　電話(でんわ)が　ありましたよ。

B：そうですか。

A：<u>3時(じ)までに　会社(かいしゃ)に　来(く)る</u>　そうです。

B：わかりました。

（1）今日(きょう)　会社(かいしゃ)を　休(やす)みます

（2）風邪(かぜ)を　引(ひ)きました

（3）資料(しりょう)を　送(おく)りました

II

A：加藤(かとう)さんは　①<u>日本(にほん)へ　戻(もど)る</u>　ことに　した　そうですよ。

B：そうですか。②<u>いつ</u>ですか。

A：③<u>来月(らいげつ)だ</u>　そうです。

（1）①結婚(けっこん)します　　②だれと　　③同(おな)じ　会社(かいしゃ)の　人(ひと)です

（2）①車(くるま)を　買(か)います　　②どんな　車(くるま)　　③赤(あか)い　車(くるま)です

（3）①お店(みせ)を　開(ひら)きます　　②何(なん)の　お店(みせ)　　③花屋(はなや)です

応用会話(おうようかいわ)

A：鈴木(すずき)さんが　留学(りゅうがく)する　そうですよ。

B：そうですか。知(し)りませんでした。どこの　国(くに)ですか。

A：アメリカに　留学(りゅうがく)する　ことに　した　そうです。

B：いつから　行(い)くんですか。

A：「来月(らいげつ)　行(い)く。」と　言(い)って　いましたよ。

単語

 CD A-17

周り（まわり）0	周圍，附近
～階建て（かいだ）	～層樓建築
事務所（じむしょ）2	辦公室，辦事處
門（もん）1	大門，出入口
ソファー 1	沙發
ストーブ 2	暖爐
売り場（うりば）0	售貨處，賣場
贈り物（おくりもの）0	贈品，禮物
着物（きもの）0	衣服；和服
色鉛筆（いろえんぴつ）3	色鉛筆
風邪薬（かぜぐすり）3	感冒藥
ぶどう 0	葡萄
梨（なし）2, 0	梨，水梨
木の葉（このは）1	落葉，枯葉
火事（かじ）1	火災
片付け（かたづけ）4	整理
昼休み（ひるやすみ）3	午休
成人式（せいじんしき）3	成人禮
	▼
たった今（いま）4	剛才
いっぱい 0	滿，多
それほど 0	那麼，那樣
だいぶ 0	很，甚，極
しっかり 3	好好地，充分地
なかなか 0	[後接否定]怎麼也(不)
	▼
いえ 2	不
あたし 0	我(女性自稱的口語說法)
かゆい 2	癢的
ひどい 2	厲害的，過分的
自由（じゆう）(な) 2	自由(的)；隨便(的)
	▼
刺（さ）します 3【刺す 1】	(刀)刺；(蟲)叮
塗（ぬ）ります 3【塗る 0】	塗，抹，擦
寄（よ）ります 3【寄る 0】	靠近；順道去
訪（たず）ねます 4【訪ねる 3】	拜訪，訪問
似（に）ます 2【似る 0】	像，類似
できあがります 6【できあがる 0, 4】	做完，完成

第41課 「桜田さん　引っ越し？？？」

CD A-18

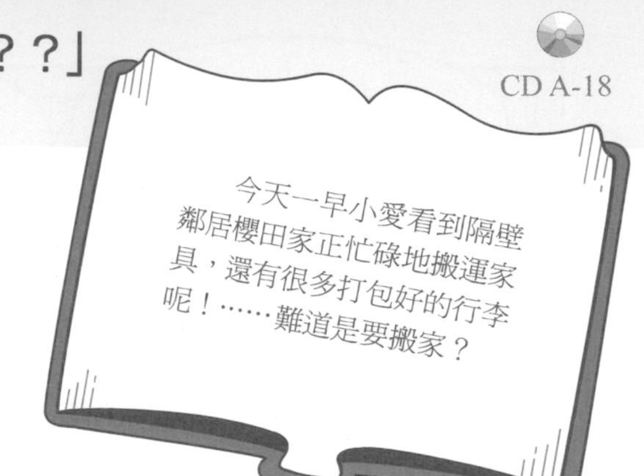

今天一早小愛看到隔壁鄰居櫻田家正忙碌地搬運家具，還有很多打包好的行李呢！……難道是要搬家？

「ママ、大変です。
桜田さんの　家は　引っ越しを
する　ようです。ソファーも　運んで　いるし、
テーブルや　ストーブも　運んで　います。
家の　周りに　荷物が　いっぱい　ありますよ。
ママ、知ってますか？」

「引っ越し？！　何も　聞いて　いません。
桜田さんの　家へ　聞きに　行って　来ます。」

真理は　桜田さんの　家を　訪ねました。

「ごめんください。」

「こんにちは。日曜日なのに、うるさくて　すみません。」

「いえ、それほど　うるさくありませんよ。
・・・引っ越しですか。」

「いいえ、違います。
ここに　新しい　5階建ての　事務所を
建てる　つもりです。それで、
今　片付けて　いる　ところです。」

「新しい　事務所？」

「会社を　作ろうと　思って　います。
自動車の　会社を　作って、
自由に　車の　設計が　したいんです。」

「そうなんですか。」

ごめんください：有人在嗎？

すみません。うるさくないですか。

大丈夫です。

拓哉くんと恵美ちゃんも片付けのお手伝いをしているようですね。

拓哉は片付けができますが、恵美はまだできません。

じゃあ、恵美ちゃんを預かりましょうか。

お願いします。

恵美は 愛の 家へ 来ました。
1枚の 絵を しっかり 持って います。

恵美ちゃん、それ、何？

お兄ちゃんがかいた絵。あたしの車・・・。

空も飛ぶし、海の上も走るんだ。あたしが色鉛筆で塗ったんだ。

コメットに似ている・・・。

①今日は　何曜日ですか。＿＿＿＿＿＿＿＿＿＿＿＿

②桜田さんは　何を　建てる　つもりですか。＿＿＿＿＿＿＿＿＿＿＿＿

③桜田さんは　どうして　新しい　会社を　作るんですか。

＿＿＿＿＿＿＿＿＿＿＿＿＿＿＿＿＿＿＿＿＿＿＿＿

④恵美ちゃんは　どこへ　行きましたか。＿＿＿＿＿＿＿＿＿＿＿＿

⑤拓哉くんは　どんな　車を　かきましたか。＿＿＿＿＿＿＿＿＿＿＿＿

41-1 門(もん)の　外(そと)に　だれか　いる　ようです。

食(た)べすぎた
外(そと)は　寒(さむ)い
} ようです。

普通体＋ようです

ここは　危険(きけん)な
火事(かじ)の
} ようです。

例外
(×)危険だよう→危険なよう
(×)火事だよう→火事のよう

- リンさんは　元気(げんき)が　ありません。疲(つか)れて　いる　ようです。
- 先生(せんせい)は　風邪薬(かぜぐすり)を　飲(の)んで　います。風邪(かぜ)を　引(ひ)いて　いる　ようです。
- かゆいです。虫(むし)に　刺(さ)された　ようです。
- ベガさんは　なかなか　帰(かえ)って　来(き)ません。
  カラオケを　楽(たの)しんで　いる　ようです。
- 木(こ)の葉(は)が　だいぶ　落(お)ちて　います。
  ゆうべ　ひどい　風(かぜ)が　吹(ふ)いた　ようです。

41-2 今行く ところです。

今　ごはんを　{ 食べる / 食べて　いる / 食べた }　ところです。

- ちょうど　出発する　ところです。
- 贈り物を　買いに　デパートの　アクセサリー売り場に　寄る　ところです。
- ちょうど　今　顔を　洗って　いる　ところです。
- 今　東京へ　向かって　いる　ところです。
- きのう　成人式の　着物が　できあがった　ところです。
- たった今　昼休みが　終わった　ところです。

❥ 香取到了小愛家，小愛打掃得如何呢？

掃除するところ

掃除しているところ

掃除したところ

41-3 ビデオも　買いたいし、ＣＤも　買いたいです。

	ぶどう		好きだ		梨		好きです。
兄は	テニス	も	する	し、	野球	も	します。
	ワイン		飲む		お酒		飲みます。

- 父も　医者だし、母も　医者です。
- あした　映画も　見るし、買い物にも　行きます。
- 今日は　風も　強いし、寒いし、それに　雨も　降って　います。
- 田中さんは　頭も　いいし、ハンサムだし、それに　優しいです。
- 図書館は　静かだし、コピーも　できるし、それに　ＣＤも　借りられます。

Ⅰ 例）わたし[は]　愛です。

①田中さんは　スキー□　できる□、スケート□　できます。

②わたしは　お寿司□　好きだ□、天ぷら□　好きです。

③警官が　立って　います。事故□　ようですね。

④わたしは　海□　好きです□、泳ぐ　こと□　嫌いです。

⑤妹□　ひらがな□　読む　こと□　できます□、
書く　こと□　できません。

Ⅱ 例）電話に　出ません。（だれも　いません）

→　だれも　いない　ようです。

①外で　音が　します。（だれか　います）

→

②みんな　かさを　持って　います。（雨が　降って　います）

→

③風が　強く　吹いて　います。（台風が　来ます）

→

④林さんは　歌が　上手です。（歌が　とても　好きです）

→

⑤ワンさんは　うれしそうです。（試験に　合格しました）

→

⑥佐藤さんは　まだ　帰って　来ません。（今日も　残業です）

→

III 例(れい)1)

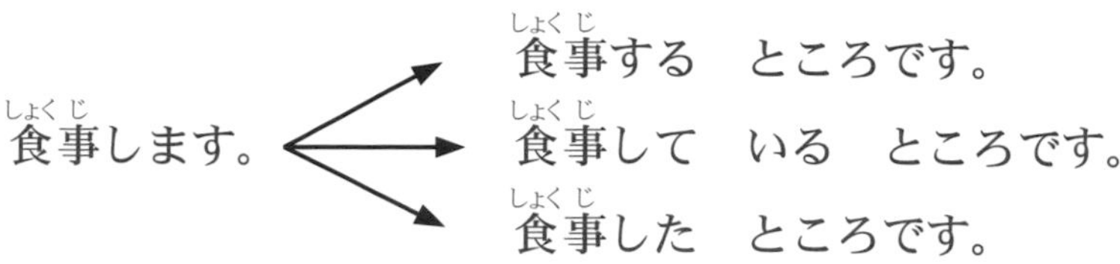

食事(しょくじ)します。
食事(しょくじ)する　ところです。
食事(しょくじ)して　いる　ところです。
食事(しょくじ)した　ところです。

例(れい)2)

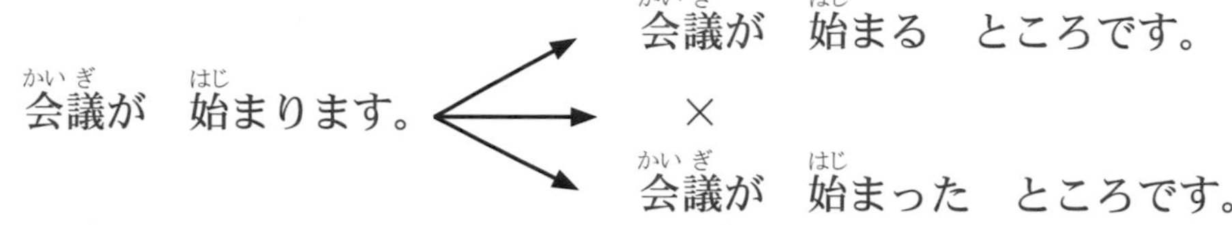

会議(かいぎ)が　始(はじ)まります。
会議(かいぎ)が　始(はじ)まる　ところです。
×
会議(かいぎ)が　始(はじ)まった　ところです。

①
宿題(しゅくだい)を　します。

②
お風呂(ふろ)に　入(はい)ります。

③
駅(えき)に　着(つ)きます。

④
掃除(そうじ)します。

⑤
料理(りょうり)が　できあがります。

Ⅳ例）フランス語・英語・話せます

　→　フランス語も　話せるし、英語も　話せます。

①日本映画・外国映画・見ます

→

②犬・猫・かわいいです

→

③洋服・靴・欲しいです

→

④チンさん・ワンさん・行きます

→

⑤仕事・勉強・しません

→

⑥北海道・九州・行きます

→

⑦先生・友達・会いたいです

→

⑧学校・家・勉強します

→

⑨かばん・引き出し・入って　いません

→

⑩遊ぶ　こと・勉強する　こと・好きです

→

CD A-19,20,21

Ⅰ

A：どうしたんですか。

B：①部屋の　かぎが　ないんです。

　②どこかに　忘れた　ようです。

A：それは　いけませんね。

（1）①のどが　痛くて　熱も　あります

　　②風邪を　引きました

（2）①おなかが　痛いです

　　②さっき　冷たい　ものを　食べすぎました

（3）①会議に　遅れそうです

　　②事故で　電車が　止まって　います

Ⅱ

A：今度の　休みに　どこかへ　行きますか。

B：ええ、①公園へ　行きます。

　②お花見も　したいし、③散歩も　したいです。

（1）①新宿　②買い物を　します　③映画を　見ます

（2）①図書館　②新しい　本を　読みます　③CDを　借ります

（3）①京都　②お寺を　見ます　③日本料理を　食べます

応用会話

A：台湾からの　飛行機は　何時に　着きますか。

B：台風が　来て　いるので、少し　遅れる　ようです。

A：そうですか。さっきから　雨も　強く　なったし、

　風も　強く　なりましたね。

それはいけませんね：那可不行啊

単語

CD A-22

首相（しゅしょう）0	首相
兄弟（きょうだい）1	兄弟姐妹
主人公（しゅじんこう）2	(小說等)主角，主人翁
ライブ 1	現場演唱會
ほほ／ほお 1	臉頰
棒（ぼう）0	棒，棍
ぬいぐるみ 0	填充玩偶
茶色（ちゃいろ）0	茶色，褐色
太陽（たいよう）1	太陽
梅雨（つゆ）0	梅雨
城（しろ）0	城堡
廊下（ろうか）0	走廊
水道（すいどう）0	自來水設施
プラスチック 4	橡膠
ビニール 2	塑膠
袋（ふくろ）3	袋，袋子
砂（すな）0	沙子

▼

技術（ぎじゅつ）1	技術
タイプ 1	型，類型
使い方（つかいかた）0	使用方法
現実（げんじつ）0	現實
証拠（しょうこ）0	證據
最高（さいこう）0	最棒
輝（かがや）きます 5【輝く 3】	放光芒，閃耀
曇（くも）ります 4【曇る 2】	(天空)陰，變陰
滑（すべ）ります 4【滑る 2】	滑行；滑倒
つねります 4【つねる 2】	捏，擰
燃（も）えます 3【燃える 0】	著火，燃燒
破（やぶ）れます 4【破れる 3】	破損，破裂
割（わ）れます 3【割れる 0】	破，碎，裂
真似（まね）します 4【真似する 0】	裝，模仿

▼

結構（けっこう）1	相當，挺
十分（じゅうぶん）／充分（じゅうぶん）3	充分，足夠
なるほど 0	的確，果然
非常（ひじょう）に 0	非常，極
まるで 0	宛如，好像

▼

～代（だい）	年齡、年代的範圍
～にくい	難～，不好～
～やすい	容易～

第42課「日本(にほん)の　首相(しゅしょう)？！」

CD A-23

小愛帶思比佳去看偶像歌手KIYOSHI的演唱會。在22世紀，思比佳曾從螢幕看過KIYOSHI，但親眼看過他本人之後，就成了21世紀偶像的忠實歌迷了！現在的KIYOSHI是歌手，但在30年後……不，不會吧？！

❥ KIYOSHI的現場演唱會過後。

「今日(きょう)の　ライブは　どうでしたか。」

「本物(ほんもの)は　やはり　よかったです。
KIYOSHIは　歌(うた)も　上手(じょうず)だし、
かっこいいし、最高(さいこう)です。
それに、握手(あくしゅ)もできたし・・・。
夢(ゆめ)の　ようだわ。」

「**あっ　痛(いた)い！！**　愛(あい)、何(なに)を　するんですか。」

「ほほを　つねりました。痛(いた)いですね。
夢(ゆめ)では　ない　証拠(しょうこ)です。」

「夢(ゆめ)の　ようですが、現実(げんじつ)の　ことですね。
2時間(じかん)　ずっと　立(た)って　いたから、足(あし)が　棒(ぼう)の　ようです。」

「そうですね。足(あし)が　疲(つか)れました。」

「食(た)べながら、KIYOSHIの　DVDを　見(み)ませんか。」

「いいですね。わたしの　部屋(へや)で　見(み)ましょう。」

❥ 思比佳與小愛在房間準備看DVD。

「DVDの　機械(きかい)は　どうやって　使(つか)うんですか。
21世紀(せいき)の　機械(きかい)は　複雑(ふくざつ)で　使(つか)いにくいです。」

「まず　DVDを　ここに　入(い)れて、
次(つぎ)に　このボタンを　押(お)して　ください。」

「このボタンですね。」

「なるほど・・・。やっと　使い方が　わかりました。
22世紀の　機械は　もっと　簡単で、
今より　使いやすいですよ。」

「そうですか。・・・ほら、歌が　始まりましたよ。」

「KIYOSHIの　顔は　まるで　漫画の　主人公の　ようですね。」

「ええ、目が　大きくて、鼻が　高くて・・・。
目の　中に　星が　輝いて　いる　ようです。」

「愛に　いい　ことを　教えて　あげます。」

「えっ、何ですか。」

「KIYOSHIは　今から　30年後に
日本の　首相に　なります。」

「エー　ウソー？？！！」

①愛と　スピカは　どこへ　行きましたか。

---

②誰が　KIYOSHIと　握手を　しましたか。

---

③「足が　棒の　ようです」は　どんな　とき、言いますか。

---

④21世紀の　機械と　22世紀の　機械では　どちらの　ほうが　使いやすいですか。

---

⑤KIYOSHIは　30年後に　何に　なりますか。

42-1 この絵は　写真の　ようです。

この犬 / この川 / あの人 ｝は ｛ぬいぐるみ / 海 / 太陽｝の　ようです。

- この犬は　ぬいぐるみの　ようです。
- この川は　海の　ようです。
- あの人は　太陽の　ようです。

雲の　上を　歩いて　いる / 海の　中を　泳いで　いる / うれしくて　夢を　見て　いる ｝ようです。

- 雲の　上を　歩いて　いる　ようです。
- 海の　中を　泳いで　いる　ようです。
- うれしくて　夢を　見て　いる　ようです。

▸ 鈴木さんは　若くて　２０代の　ようです。

▸ お姉さんの　手は　冷たくて　まるで　氷の　ようです。

▸ このホテルは　お城の　ようです。

▸ 山田さんと　オーさんは　よく　似て　いて、まるで　兄弟の　ようです。

▸ この海岸は　きれいで、ハワイに　いる　ようです。

42-2a 甘(あま)い　薬(くすり)は　飲(の)み__やすい__です。
苦(にが)い　薬(くすり)は　飲(の)み__にくい__です。

- この茶色(ちゃいろ)の　コートは　軽(かる)くて　着(き)やすいです。
- 書(か)きやすい　ペンを　探(さが)して　います。
- あの会社(かいしゃ)の　技術(ぎじゅつ)は　真似(まね)しにくいです。
- チンさんの　家(いえ)は　非常(ひじょう)に　わかりにくいです。
- 砂(すな)の　上(うえ)は　歩(ある)きにくいです。
- このテキストは　結構(けっこう)　字(じ)が　大(おお)きくて　読(よ)みやすいです。

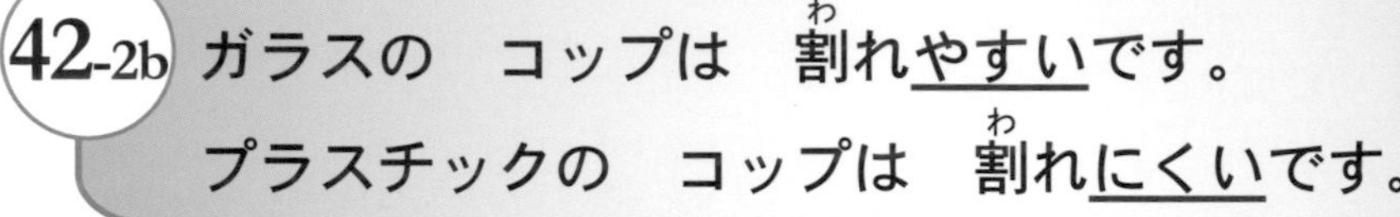

42-2b ガラスの　コップは　割(わ)れ__やすい__です。
プラスチックの　コップは　割(わ)れ__にくい__です。

- 梅雨(つゆ)だから、雨(あめ)が　降(ふ)りやすいです。
- この廊下(ろうか)は　滑(すべ)りやすいので、十分(じゅうぶん)　気(き)をつけて　ください。
- 今日(きょう)は　曇(くも)りやすい　天気(てんき)です。
- ビニールの　袋(ふくろ)は　破(やぶ)れにくいです。
- このカーテンは　燃(も)えにくい　タイプです。
- この水道(すいどう)は　水(みず)が　出(で)にくいです。

I 例）わたし[は] 愛です。

①今日は 暖かくて 春[　] ようです。

②東京は 空気も 汚い[　]、人も 多い[　]、住みにくいと 思って います。

③この辞書[　] とても 使いやすいです。

④この花は 紙で 作った ものです。まるで 本物[　] ようです。

⑤スピカ[　] よると、KIYOSHIは 首相に なる そうです。

II 例）この 話・映画 → この 話 は 映画の ようです。

①あの雲・飛行機

→

②田中さんの 髪の 形・ライオン

→

③あの子の ほほ・りんご

→

④この薬・ジュース

→

III 例）この新聞は 字が 大きくて （ 読み ）やすいです。

①このマンションは 駅に 近くて （　　　　）やすいです。

②新しい デジカメは 軽くて （　　　　）やすいです。

③硬い パンは （　　　　）にくいです。

④この靴は 重くて （　　　　）にくいです。

住みます ・ ~~読みます~~ ・ 歩きます ・ 食べます ・ 使います

Ⅳ自分のことを答えましょう。

①あなたの　町は　住みやすいですか。

____

②東京は　住みやすいと　思いますか。

____

③カタカナは　読みにくいですか。

____

④あなたの　かばんは　使いやすいですか。

____

⑤今の　季節は　雨が　降りやすいですか。

____

話しましょう

CD A-24,25,26

Ⅰ

A：①かわいい　赤(あか)ちゃんですね。

B：そうですね。

A：まるで　②人形(にんぎょう)の　ようですよね。

（1）①きれいな　声(こえ)　　②歌手(かしゅ)

（2）①若(わか)い　先生(せんせい)　　②学生(がくせい)

（3）①立派(りっぱ)な　家(いえ)　　②お城(しろ)

Ⅱ

A：いい　①眼鏡(めがね)ですね。

B：ええ、②軽(かる)くて　③かけやすいんです。

A：いいですね。

（1）①上着(うわぎ)　　②暖(あたた)かい　　③着(き)ます

（2）①靴(くつ)　　②軽(かる)い　　③はきます

（3）①テーブル　　②大(おお)きい　　③使(つか)います

応用会話(おうようかいわ)

A：携帯電話(けいたいでんわ)を　買(か)ったんですか。

B：はい、古(ふる)く　なりましたから。

A：それは　使(つか)いやすいですか。

B：ええ、軽(かる)いし、形(かたち)も　いいし、
　それに　持(も)ちやすいですよ。

A：それは　いいですね。
　わたしも　新(あたら)しい　携帯電話(けいたいでんわ)が　欲(ほ)しく　なりました。

単語

CD A-27

居間（いま）2	起居間，客廳
座布団（ざぶとん）2	坐墊
床（ゆか）0	地板
暖房（だんぼう）0	暖氣
鏡（かがみ）3	鏡子
スクリーン3	螢幕；銀幕
ステレオ0	立體音響
スイッチ2,1	電源開關
マッチ1	火柴
角（かど）1	(道路)轉角；稜角
裏庭（うらにわ）0	後院
カレー0	咖哩
アルコール0	酒精；酒
血（ち）0	血，血液
雷（かみなり）3,4	雷

▼

パートタイム4	臨時工，兼職
お使い（つかい）0	(爲人)外出辦事或買東西
表（おもて）3	正面，表面；外面
留守番（るすばん）0	看家；看家的人
大声（おおごえ）3	大聲

▼

ところが3	可是，然而
最近（さいきん）0	最近，近來
まっすぐ3	直，筆直
そんなに0	那樣地
すると0	於是就～

勝ち（か）ます3【勝つ1】	贏，勝利
転（ころ）がります5【転がる0】	滾動；翻，倒
叫（さけ）びます4【叫ぶ2】	喊叫
包（つつ）みます4【包む2】	包，包起來
残（のこ）ります4【残る2】	剩餘；留下
回（まわ）ります4【回る0】	旋轉；繞(道)
慌（あわ）てます4【慌てる0】	慌張；急忙
こぼれます4【こぼれる3】	溢出，灑出
比（くら）べます4【比べる0】	比，比較
汚（よご）れます4【汚れる0】	弄髒
揺（ゆ）れます3【揺れる0】	搖動，搖擺
～始（はじ）めます【～始める】	開始～
揺（ゆ）れ始（はじ）めます6【揺れ始める5】	開始搖動
寝坊（ねぼう）します5【寝坊する0】	睡懶覺，睡過頭

▼

ガタガタ1	(物體震動聲)喀搭喀搭

第 43 課 「地震だ！！」

CD A-28

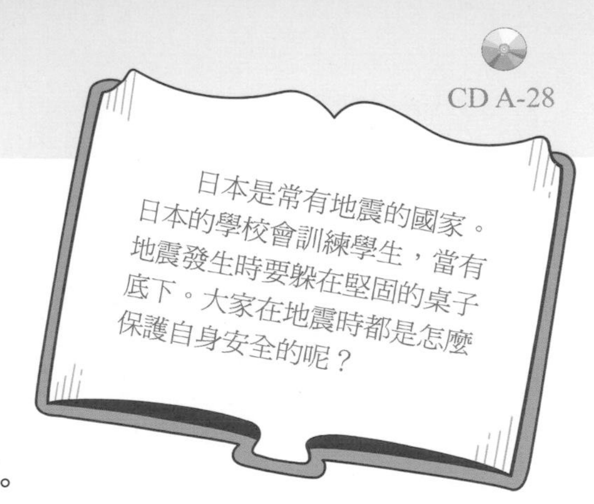

日本是常有地震的國家。
日本的學校會訓練學生，當有
地震發生時要躲在堅固的桌子
底下。大家在地震時都是怎麼
保護自身安全的呢？

愛は　今日は　留守番です。
健の　好きな　カレーを　作って　います。

「ニャア　ニャア　ニャア　ニャア」
「ミミ　うるさい。変よ。あっちへ　行って。」

突然　ガタガタと　音が　して　家が　揺れ始めました。

「あっ　地震。」

愛は　慌てて　火を　消しました。
テーブルの　上の　コップが　転がって
床に　落ちて　割れました。
さっき　花を　入れた　ばかりの
花瓶は　倒れて、
水が　こぼれて　います。

まだ　少し　揺れて　いますが、
家の　中は　大丈夫そうです。
ミミが　また　「ニャア」と
鳴きながら、愛の　そばに　来ました。
愛と　ミミは　外へ　出ました。
すると、隣の　桜田さんの　家から
恵美ちゃんが　泣いて　いる　声が　聞こえて　来ました。
愛は　桜田さんの　家に　助けに　行きました。

表の 玄関からは、何も 見えません。愛は、裏庭に 回って みました。
恵美ちゃんは 1階に いました。ところが、ドアが 開きません。
ママー ママー。
愛が 庭へ 行くと、恵美ちゃんが 泣きながら、窓の そばへ 来ました。愛は 大声で 叫びました。
恵美ちゃん!!
恵美ちゃん、ママはいるの？
ママはお使いに 行っちゃった。
拓哉くんは どこにいるの？
僕はテーブルの 下にいるよ。
部屋の 中を 見ると 拓哉くんは 学校で 習った とおりに、テーブルの 下で 座布団を かぶって 座って います。

そこへ　スピカと　チッピーが　来ました。

愛、大丈夫？

わたしは
大丈夫。

でも、桜田さんの家のドアが
開かなくなりました。

拓哉くんと
恵美ちゃんが
中に残っています。

チッピー、
二人を助けて。

チッピーが　ドアを　触ると、
ドアが　消えて　しまいました。

二人が　出て　きました。

よかった。

チッピー、ありがとう。

もうすぐエマさんが
帰って来るので、ドアを
直しておいてね。

①地震の　とき、愛は　何を　作って　いましたか。＿＿＿＿＿＿＿＿

②愛と　ミミが　外へ　出た　とき、何が　聞こえて　来ましたか。

＿＿＿＿＿＿＿＿＿＿＿＿＿＿＿＿

③愛が　助けに　行った　とき、拓哉くんは　どこに　いましたか。＿＿＿＿

④チッピーが　ドアを　触ると、ドアは　どう　なりましたか。＿＿＿＿＿

43-1 父は　今　帰って　来た　ばかりです。

ごはんを　食べた
10歳に　なった
会議は　始まった
} ばかりです。

動詞た形＋ばかり

- 新しい　パソコンを　買った　ばかりです。
- 4月に　この会社に　入った　ばかりです。
- バスは　さっき　行った　ばかりです。
- A：かわいい　犬ですね。
  B：先週　生まれた　ばかりです。
- 留学生は　3月に　日本へ　来た　ばかりです。
- このステレオは　修理した　ばかりなのに、壊れて　しまいました。

e研講座

「来たばかり」と「来たところ」

這兩句都是表示「剛來」的意思，但須留意有不同之處。「～たところ」表示就客觀時間上，某動作或行為"剛"結束，所以常與時間副詞「今／さっき」等使用，也可以與不久前的「きのう／先週」使用。「～たばかり」則是表示說話者心理上認為某動作或行為在"不久前"發生，在時間的用法上比「～たところ」更廣泛，不管實際時間經過的長短，只要說話者內心覺得"不久"就可以使用。如：「わたしは去年来た(○ばかり ×ところ)です」；而且後可接名詞或助詞，如「買ったばかりの本」等。但在動詞接續上，「ところ」的範圍比「ばかり」廣，不僅可接續た形，亦可接續辭書形與ている形表示動作、行為發生的時點(參照41課)。

43-2 入り口の　前に　立ちました。すると、ドアが　開きました。

雷が　鳴りました。／窓を　開けました。／空を　見ました。 } すると、 { 急に　雨が　降りました。／冷たい　風が　入って　きました。／星が　たくさん　見えました。

- 雷が　鳴りました。すると、急に　雨が　降りました。
- 窓を　開けました。すると、冷たい　風が　入って　きました。
- 空を　見ました。すると、星が　たくさん　見えました。

- 屋上へ　行きました。すると、花火が　見えました。
- 薬を　飲みました。すると、熱が　下がりました。
- 電車の　中に　かばんを　忘れたと　駅員に　話しました。すると、すぐに　探して　くれました。

43-3 このスイッチを　押すと、居間の　電気が　つきます。

まっすぐ　行く／春が　来る／空を　見る } と、 { 郵便局が　あります。／花が　咲きます。／星が　たくさん　見えました。

- まっすぐ　行くと、郵便局が　あります。
- 春が　来ると、花が　咲きます。
- 空を　見ると、星が　たくさん　見えました。

- 家へ　帰ると、暖房が　ついて　いました。
- この角を　右へ　曲がると、すぐ　駅に　着きます。
- 東京は　冬に　なると、雪が　降りますか。
- この試合に　勝つと、甲子園に　出られます。
- お酒を　飲むと、顔が　赤く　なります。
- 運ぶ　時、この鏡は　包まないと　割れて　しまいますよ。
- 値段を　比べないと、どちらの　店で　買うか　決められません。

43-4a 寝坊(ねぼう)し<u>ちゃ</u>　いけないよ。
（＝寝坊(ねぼう)しては　いけないよ。）
マッチで　遊(あそ)ん<u>じゃ</u>　いけない。
（＝マッチで　遊(あそ)んでは　いけない。）

- そんなに　アルコールを　飲(の)んじゃ　いけないよ。
- 宿題(しゅくだい)を　忘(わす)れちゃ　いけません。
- スクリーンの　前(まえ)に　立(た)っちゃ　いけません。
- 人(ひと)の　手紙(てがみ)を　読(よ)んじゃ　だめ。

43-4b 遅刻(ちこく)し<u>ちゃ</u>った。（＝遅刻(ちこく)して　しまった。）
叫(さけ)ん<u>じゃ</u>った。（＝叫(さけ)んで　しまった。）

- あっ、牛乳(ぎゅうにゅう)が　こぼれちゃうよ。
- 最近(さいきん)、太(ふと)っちゃった。
- 血(ち)が　ついて　服(ふく)が　汚(よご)れちゃった。
- 部屋(へや)の　中(なか)で　ボールを　投(な)げると、ガラスが　割(わ)れちゃう。
- おなかが　痛(いた)いので、パートタイムの　仕事(しごと)を　休(やす)んじゃった。

Ⅰ 例）わたし[は] 愛です。

①電話[　] かけた　ばかりです。

②お金を　入れる[　] たばこ[　] 出ます。

③弟は　一人[　] 病院へ　行きました。

④山田さんは　何が　好き[　] 聞いて　ください。

⑤天気予報[　] よると、風が　強い　ようです。

Ⅱ 例）A：新しい　自転車ですね。（きのう　買いました。）

B：ええ、きのう　買った　ばかりです。

①A：かわいい　赤ちゃんですね。（先月　生まれました。）

B：ありがとうございます。＿＿＿＿＿＿＿＿＿＿

②A：コーヒーを　飲みませんか。（さっき　飲みました。）

B：ごめんなさい。＿＿＿＿＿＿＿＿＿＿

③A：日本へ　いつ　来ましたか。（3日前に　来ました。）

B：＿＿＿＿＿＿＿＿＿＿

④A：弟さんは　いくつに　なりましたか。（18歳に　なりました。）

B：＿＿＿＿＿＿＿＿＿＿

⑤A：もう　レポートは　書きましたか。（今　出して　来ました。）

B：＿＿＿＿＿＿＿＿＿＿

Ⅲ 例）すてきな　箱を　開けました。

すると、中に　指輪や　ネックレスなどが　たくさん　入って　いました。

①窓を　開けました。

すると、＿＿＿＿＿＿＿＿＿＿

②電車に　乗りました。

すると、＿＿＿＿＿＿＿＿＿＿

Ⅳ例）右へ　曲がります。　すぐ　駅に　着きます。

→　右へ　曲がると、すぐ　駅に　着きます。

①橋を　渡ります。　うちが　見えます。

→＿＿＿＿＿＿＿＿＿＿＿＿＿＿＿＿＿＿＿＿＿＿＿＿

②何も　食べません。　病気に　なります。

→＿＿＿＿＿＿＿＿＿＿＿＿＿＿＿＿＿＿＿＿＿＿＿＿

③雨が　降りません。　水が　なく　なります。

→＿＿＿＿＿＿＿＿＿＿＿＿＿＿＿＿＿＿＿＿＿＿＿＿

④そのスイッチを　押します。　エアコンが　つきます。

→＿＿＿＿＿＿＿＿＿＿＿＿＿＿＿＿＿＿＿＿＿＿＿＿

⑤日本語が　上手に　なります。　日本の　生活が　楽しく　なります。

→＿＿＿＿＿＿＿＿＿＿＿＿＿＿＿＿＿＿＿＿＿＿＿＿

知恵袋

地震の時、まず火を消す？？

日本受1923年關東大地震(時近中午，約10萬人因火災而犧牲)之鑑，原本宣導當地震發生時，首要之務是關掉火源。但現在宣導「地震　その時10のポイント」時則是強調第一要確保自身的安全(身の安全を図る)，這是因為2007年新潟大地震時有很多人是在關掉火源的過程中身受重傷，再加上現代科技進步，電熱器、瓦斯等大多已內設震動自動熄火裝置，所以不需再像以前一樣。尤其當發生巨大搖晃時更應迅速躲在安全的地方，當搖動停歇再從容處理火源、關掉開關即可。

話しましょう

CD A-29,30,31

Ⅰ

A：①おいしそうですね。

B：②作(つく)った　ばかりの　③お菓子(かし)です。

A：④食(た)べても　いいですか。

B：どうぞ。

（1）①うれしい　②釣(つ)ります　③魚(さかな)　④触(さわ)ります

（2）①高(たか)い　②もらいます　③時計(とけい)　④見(み)ます

（3）①使(つか)いやすい　②買(か)います　③電子辞書(でんしじしょ)　④使(つか)います

Ⅱ

A：気(き)をつけて　ください。

B：どうしてですか。

A：この①機械(きかい)の　使(つか)い方(かた)を　間違(まちが)えると、②けがを　します。

（1）①ボタンを　触(さわ)ります　②大(おお)きい　音(おと)が　します

（2）①薬(くすり)を　飲(の)みます　②眠(ねむ)く　なります

（3）①山(やま)の　中(なか)に　入(はい)ります　②蛇(へび)が　います

応用会話(おうようかいわ)

A：たいへんでしたよ。

B：どうしたんですか。

A：今(いま)　新宿(しんじゅく)へ　買(か)い物(もの)に　行(い)って　来(き)た　ところなんですよ。
　ところが、財布(さいふ)を　忘(わす)れて　しまったんです。

B：それで、どうしたんですか。

A：何(なに)も　買(か)えませんでした。

単語

CD A-32

やります 3【やる 0】	(對晚輩)給，給予
さしあげます 5【さしあげる 0, 4】	(謙讓語)給，獻上
くださいます 5【くださる 3】	(尊敬語)給，賜與(我)
いただきます 5【いただく 0】	(謙讓語)領受；吃，喝
祈(いの)ります 4【祈る 2】	祈禱；希望，祝福
贈(おく)ります 4【贈る 0】	贈送
写(うつ)します 4【写す 2】	抄，謄寫；拍照
代(か)わります 4【代わる 0】	代替，替換
違(ちが)います 4【違う 0】	不正確；不一致
治(なお)します 4【治す 2】	治療
拭(ふ)きます 3【拭く 0】	擦拭
チェックします 1【チェックする 1】	核對，查對
品物(しなもの) 0	物品，商品
花束(はなたば) 2, 3	花束
名刺(めいし) 0	名片
年賀状(ねんがじょう) 3, 0	賀年信，賀年明信片
手帳(てちょう) 0	手冊，記事本
カレンダー 2	月曆
封筒(ふうとう) 0	信封
折鶴(おりづる) 2, 0	紙鶴
道具(どうぐ) 3	工具，器具
スーツ 1	成套西裝，套裝
木綿(もめん) 0	棉花；棉織品

えさ 2, 0	餌，飼料
草(くさ) 2	草
ミルク 1	牛乳，牛奶
金魚(きんぎょ) 1	金魚
飴(あめ) 0	糖果
虫歯(むしば) 0	蛀牙
孫(まご) 2	孫，孫子
歯医者(はいしゃ) 1	牙醫
背中(せなか) 0	背，脊背；背面
けが 2	傷，受傷
毛(け) 0	毛髮
こづかい 1	零用錢
隅(すみ) 1	角落
お礼(れい) 0	謝意；謝禮
アドバイス 1, 3	忠告，建議
放課後(ほうかご) 0	下課後
原因(げんいん) 0	原因
専門(せんもん) 0	專門
進路(しんろ) 1	行進路線；(未來)出路
文章(ぶんしょう) 1	文章
賢(かしこ)い 3	聰明的，伶俐的
珍(めずら)しい 4	罕見的；珍奇的；新穎的
丁寧(ていねい)(な) 1	禮貌(的)；細心(的)
～について	關於～，就～而言

第44課 「おばさんが　事故！？」

CD A-33

大家還記得第29課曾經提到小愛有個在鄉下經營牧場的阿姨嗎？她的名字是美紀，是小愛的媽媽真理的姊姊。這時竟然傳來這位阿姨發生車禍事故的消息，怎麼會？真是令人擔心……

ある日　真理は　美紀おばさんの　家へ
電話を　かけました。

「もしもし、・・・。
　まあ　大変。」
真理は　慌てて　います。
愛を　呼びました。

「愛、よく　聞いてね。
　美紀おばさんが　車の　事故で　けがを　した　そうです。
　わたしは　これから　すぐ　おばさんの　ところへ　行きます。
　晩ごはんは　健と　二人で　食べて　ください。」

「ミミにも　えさを　やって　おくから、ママ　心配しないで。」

「それから、今日　エマさんが　来るので、
　この本を　さしあげて　ください。
　・・・。いってきます。」

しばらくして　エマが　来ました。
愛の　話を　聞いて　エマも　心配しました。
エマは　本を　持って　帰りました。

2、3時間後　エマは　また　愛の　家に　来ました。
何かを　持って　います。

「拓哉と　恵美は　この前　おばさんの　家へ
連れて　行って　いただきました。
子供たちは　馬に　乗ったり　おやつを　いただいたり　して
とても　楽しかった　そうです。
子供たちは　おばさんが　元気に　なる　ように　祈って、
鶴を　たくさん　折りました。
おばさんに　さしあげて　ください。お大事に。」

♪～♫～♪～

今度は　スピカから　電話です。
愛は　田舎の　おばさんが
けがを　したと　言いました。
スピカは　ベガと　相談して　言いました。

「愛、あした　ママが　コメットで　愛を　おばさんの　家へ
連れて　行って　あげると　言って　います。
わたしも　一緒に　お見舞いに　行きます。では、また。」

♪～♫～♪～

また　電話が　かかって　きました。真理からです。

「ママ、おばさんは　大丈夫？
あした　みんなで　お見舞いに　行きます。
スピカの　ママが　連れて　行って　くださいます。
エマさんから　折鶴も　たくさん　いただきました。」

「愛、大丈夫よ。今　美紀おばさんと　代わります。」

お大事に：(對病人或家屬說)請保重

「もしもし　おばさん？　けがは　どうですか。」

「愛ちゃん、ありがとう。もう　大丈夫。
にんじんを　食べて　元気に　なりましたよ。」

「えっ、**にんじん**？
おばさんは　にんじんを　食べると、元気に　なるんですか。」

「違うんですよ、愛ちゃん。わたしでは　ありません。
うちの　馬の　ミッキーが　止まって　いた　車に　ぶつかって、
軽い　けがを　しました。
でも、大好きな　にんじんを　食べて
また　元気に　遊んで　いますよ。」

①真理は　どこへ　行きましたか。

____

②愛は　だれに　本を　あげましたか。

____

③エマは　何を　持って　来ましたか。

____

④愛や　スピカは　おばさんの　家へ　行きましたか。

____

⑤おばさんは　にんじんを　食べて　元気に　なりましたか。

____

44-1a 母(はは)は　花(はな)に　水(みず)を　やります。

父(ちち) わたし お母(かあ)さん	は	犬(いぬ) 弟(おとうと) 赤(あか)ちゃん	に	えさ おこづかい ミルク	を　やります。

- 弟(おとうと)は　毎朝(まいあさ)　金魚(きんぎょ)に　えさを　やります。
- おばあちゃんは　孫(まご)に　飴(あめ)を　やりました。
- 子供(こども)たちは　牛(うし)に　草(くさ)を　やって　います。
- わたしは　妹(いもうと)に　来年(らいねん)の　カレンダーを　やりました。
- 姉(あね)は　妹(いもうと)に　かわいい　木綿(もめん)の　ハンカチを　やりました。

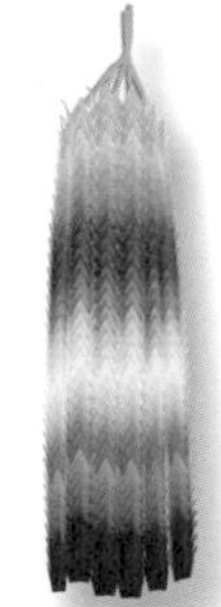

知恵袋　千羽鶴??

「千羽鶴(せんばづる)(千紙鶴)」顧名思義，是由1000隻的紙鶴組成、並以線穿綁的吉祥物。紙鶴為日本的摺紙代表，鶴象徵著長壽。在日本一般是為受病苦折磨的人誠心摺出每一隻紙鶴，探病時送給住院者，祈福他能早日恢復健康。其實這是源自於二次世界大戰廣島原爆的受害者佐々木禎子(ささきさだこ)自2歲到12歲去世前每天摺紙鶴的真實故事，由此「千羽鶴(せんばづる)」也是祈禱和平的象徵。「千羽鶴(せんばづる)」的摺法跟一般紙鶴有所不同，頭部不往下摺，這是因為頭部朝下會讓人有病痛難以恢復的不吉利印象。

44-1b わたしは 弟(おとうと)に 数学(すうがく)を 教(おし)えて やります。

わたしは { 子供(こども)に ごはんを 作(つく)って / 妹(いもうと)を 起(お)こして / 子供(こども)の 宿題(しゅくだい)を 手伝(てつだ)って } やります。

- お父(とう)さんは 息子(むすこ)に スーツを 買(か)って やりました。
- わたしは 弟(おとうと)の 背中(せなか)を 拭(ふ)いて やりました。
- 田中(たなか)さんは 毎朝(まいあさ) 犬(いぬ)を 散歩(さんぽ)に 連(つ)れて 行(い)って やります。
- 今朝(けさ) 妹(いもうと)の 毛(け)の セーターを 洗(あら)って やりました。
- 毎朝(まいあさ) 部屋(へや)の 隅(すみ)に 猫(ねこ)の えさを 置(お)いて やります。

44-2a わたしは　先生(せんせい)に　ネクタイを　さしあげます。

わたし／兄(あに)／鈴木(すずき)さん　は　主任(しゅにん)／部長(ぶちょう)／社長(しゃちょう)　に　お土産(みやげ)／ワイン／絵(え)　を　さしあげます。

- 姉(あね)は　ピアノの　先生(せんせい)に　コンサートの　チケットを　さしあげました。
- 田中(たなか)さんは　社長(しゃちょう)の　奥(おく)さんに　ゴルフの　道具(どうぐ)を　さしあげました。
- こちらの　お客様(きゃくさま)に　お釣(つ)りを　さしあげて　ください。
- A：去年(きょねん)　社長(しゃちょう)に　どんな　品物(しなもの)を　さしあげましたか。
  B：ボールペンと　手帳(てちょう)を　さしあげました。

44-2b わたしは　先生(せんせい)に　誕生日(たんじょうび)プレゼントを　贈(おく)って　さしあげます。

わたしは　先生(せんせい)に　CDを　貸(か)して／社長(しゃちょう)の　奥(おく)さんを　車(くるま)で　送(おく)って／部長(ぶちょう)の　荷物(にもつ)を　持(も)って　さしあげます。

- 妹(いもうと)は　先生(せんせい)に　バイオリンを　弾(ひ)いて　さしあげました。
- 田中(たなか)さんは　社長(しゃちょう)に　日本料理(にほんりょうり)を　作(つく)って　さしあげました。
- 山本(やまもと)さんは　先生(せんせい)の　家(いえ)まで　荷物(にもつ)を　届(とど)けて　さしあげます。
- わたしは　お客様(きゃくさま)の　写真(しゃしん)を　写(うつ)して　さしあげました。
- 姉(あね)は　先生(せんせい)の　お嬢(じょう)さんを　スキーに　連(つ)れて　行(い)って　さしあげます。

44-3a わたしは　先生に　花束を　いただきます。

姉		部長		名刺		
わたし	は	先生	に	年賀状	を	いただきます。
弟		チンさん		お茶		

- 父は　社長に　お酒を　いただきました。
- 兄は　先生に　旅行の　写真を　いただきました。
- 妹は　友達の　お母さんに　お菓子を　たくさん　いただきました。
- わたしは　隣の　奥さんに　きれいな　封筒と　はがきを　いただきました。
- お年寄りを　病院に　連れて　行って　さしあげました。
  後で　お礼の　電話を　いただきました。

44-3b わたしは　先生に　日本語を　教えて　いただきます。

	部長に	ゴルフを	教えて	
わたしは	中村さんに	本を	貸して	いただきます。
	先生に	作文を	直して	

- 兄は　社長に　仕事を　手伝って　いただきました。
- わたしたちは　先輩に　島を　案内して　いただきました。
- わたしは　先生に　文章を　チェックして　いただきました。
- 近所の　獣医さんに　うちの　犬の　病気を　治して　いただきました。
- 友達の　お父さんに　みんなの　お弁当を　買って　来て　いただきました。

44-4a 先生（せんせい）は　わたしに　花束（はなたば）を　くださいます。

部長（ぶちょう）／先生（せんせい）／田中（たなか）さん　は　わたし／兄（あに）／妹（いもうと）　に　名刺（めいし）／辞書（じしょ）／お菓子（かし）　を　くださいます。

- 先生（せんせい）は　わたしたちに　絵（え）はがきを　くださいました。
- 鈴木（すずき）さんは　わたしに　珍（めずら）しい　切手（きって）を　くださいました。
- ワンさんは　病気（びょうき）の　祖母（そぼ）に　お見舞（みま）いを　くださいました。
- 佐藤（さとう）さんは　弟（おとうと）に　高校生用（こうこうせいよう）の　英語（えいご）の　参考書（さんこうしょ）を　くださいました。
- 部長（ぶちょう）の　奥（おく）さんは　母（はは）と　わたしに　フランスの　お土産（みやげ）を　くださいました。

44-4b 先生（せんせい）は　わたしに　日本語（にほんご）を　教（おし）えて　くださいます。

先生（せんせい）は　わたしに　専門（せんもん）の　本（ほん）を　貸（か）して／わたしを　車（くるま）で　送（おく）って／わたしの　仕事（しごと）を　手伝（てつだ）って　くださいます。

- 鈴木（すずき）さんは　わたしに　ビデオの　使（つか）い方（かた）を　丁寧（ていねい）に　説明（せつめい）して　くださいました。
- マリアさんの　お父（とう）さんは　妹（いもうと）を　パーティーに　呼（よ）んで　くださいました。
- 歯医者（はいしゃ）さんは　弟（おとうと）の　虫歯（むしば）を　治（なお）して　くださいました。
- 山田（やまだ）さんは　クーラーの　故障（こしょう）の　原因（げんいん）を　調（しら）べて　くださいました。

授受表現

e研講座

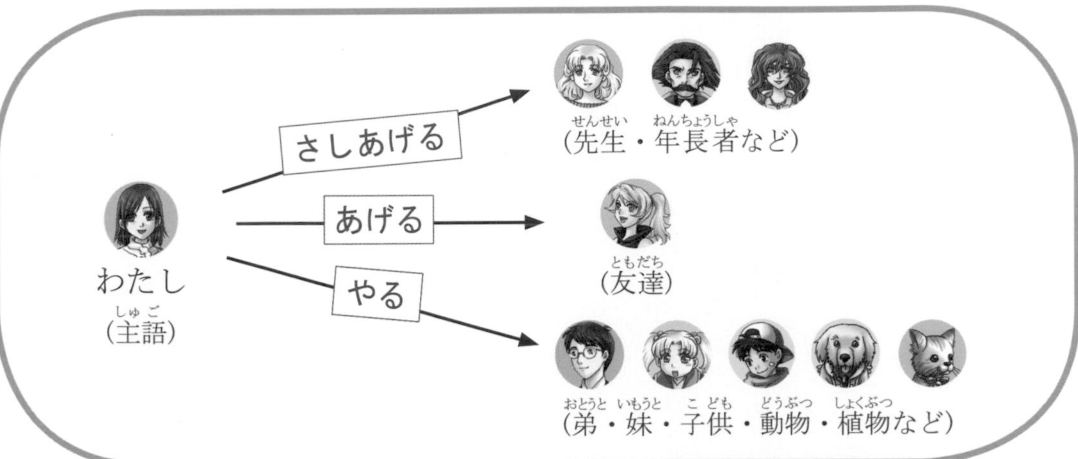
さしあげる
（先生・年長者など）
わたし
（主語）
あげる
（友達）
やる
（弟・妹・子供・動物・植物など）

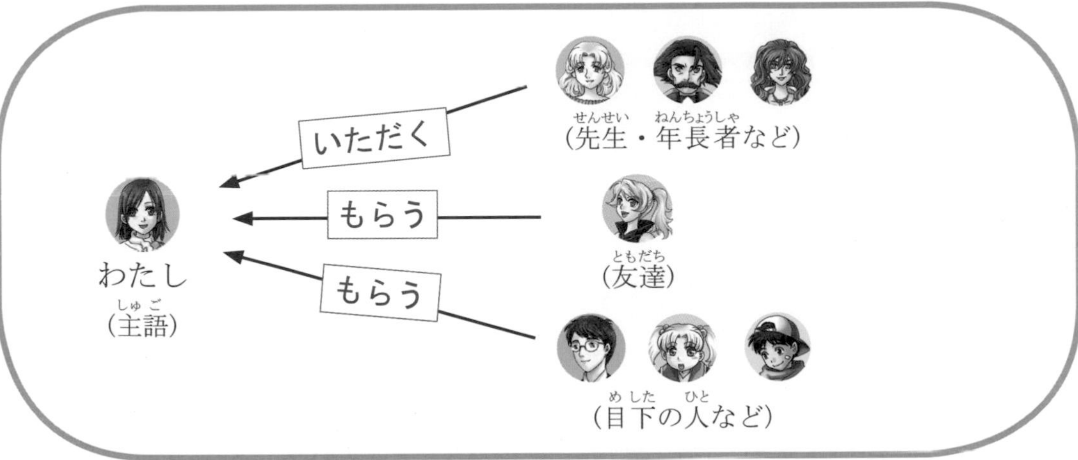
（先生・年長者など）
いただく
わたし
（主語）
もらう
（友達）
もらう
（目下の人など）

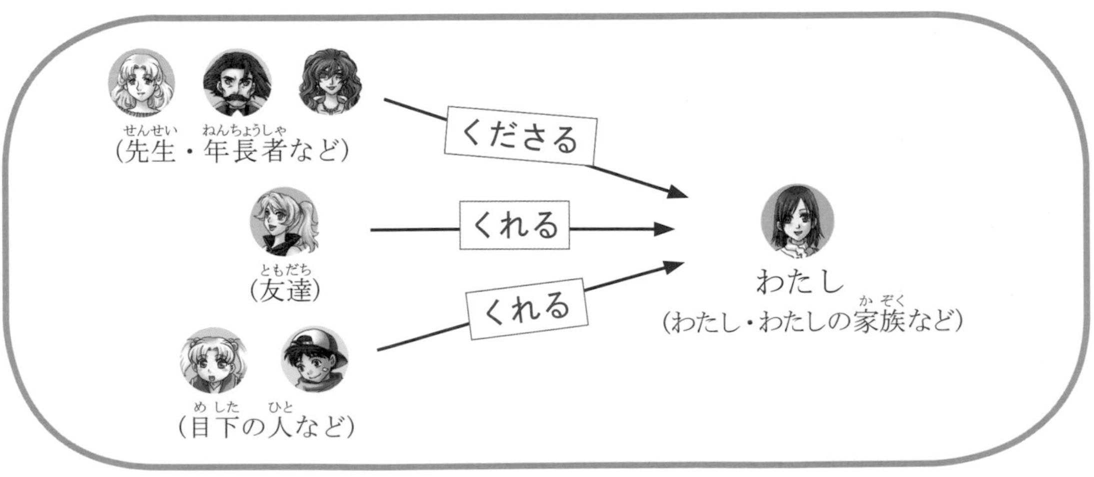
（先生・年長者など）
くださる
（友達）
くれる
わたし
（わたし・わたしの家族など）
くれる
（目下の人など）

Ⅰ 例(れい)）わたし[は] 愛(あい)です。

①母(はは)は 犬(いぬ)□ えさ□ やりました。

②わたしは お客様(きゃくさま)□ お茶(ちゃ)□ さしあげます。

③わたしは 弟(おとうと)□ 新(あたら)しい 自転車(じてんしゃ)を 買(か)って やります。

④先生(せんせい)は わたし□ 写真(しゃしん)□ 撮(と)って くださいました。

⑤わたしたちは 先生(せんせい)□ タクシー□ 呼(よ)んで いただきました。

Ⅱ 例(れい)）わたしは 犬(いぬ)を 散歩(さんぽ)に （ 連(つ)れて 行(い)って ） やりました。

①わたしは 公園(こうえん)で 娘(むすめ)と （　　　　　） やりました。

②わたしは 弟(おとうと)に 新(あたら)しい 雑誌(ざっし)を （　　　　　） やりました。

③おじいさんは 孫(まご)に おもちゃを （　　　　　） やりました。

④兄(あに)は 車(くるま)で 妹(いもうと)たちを （　　　　　） やりました。

~~連(つ)れて 行(い)きます~~ ・買(か)います・遊(あそ)びます・送(おく)ります・見(み)せます

Ⅲ 例(れい)）父(ちち)は わたしたちを ディズニーランドへ （ 連(つ)れて 行(い)って ） くれました。

①同僚(どうりょう)は 日本(にほん)から 有名(ゆうめい)な お菓子(かし)を （　　　　　） くれました。

②兄(あに)は わたしを 駅(えき)まで （　　　　　） くれます。

③鈴木(すずき)さんは わたしに 鶴(つる)の 折(お)り方(かた)を （　　　　　） くれました。

④佐藤(さとう)さんは 美術館(びじゅつかん)を （　　　　　） くれました。

送(おく)ります	~~連(つ)れて 行(い)きます~~	案内(あんない)します
説明(せつめい)します	迎(むか)えに 来(き)ます	

Ⅳ例）わたしは　先生に　花束を

（ ~~さしあげました~~ やりました　くれました ）。

①先生は　わたしに　花束を

（ さしあげました　くださいました　いただきました ）。

②兄は　犬を　散歩に　連れて　行って

（ さしあげました　あげました　やりました ）。

③わたしは　先生に　お土産を

（ さしあげました　くださいました　やりました ）。

④わたしは　友達に　誕生日の　プレゼントを

（ あげました　くれました　やりました ）。

⑤わたしたちは　友達の　おばあさんに　昔の　写真を　見せて

（ やりました　いただきました　くださいました ）。

話しましょう

CD A-34,35,36

I

A：①元気(げんき)な　犬(いぬ)ですね。いつも　だれが　②散歩(さんぽ)に　連(つ)れて　行(い)きますか。

B：たいてい　③兄(あに)が　②散歩(さんぽ)に　連(つ)れて　行(い)って　やります。

今日(きょう)は　③兄(あに)が　いないので、わたしが　②散歩(さんぽ)に　連(つ)れて　行(い)って

やりました。

（１）①きれいな　猫(ねこ)　　②一緒(いっしょ)に　遊(あそ)びます　　③弟(おとうと)

（２）①賢(かしこ)そうな　男(おとこ)の子(こ)　　②勉強(べんきょう)を　教(おし)えます　　③主人(しゅじん)

（３）①珍(めずら)しい　魚(さかな)　　②水(みず)を　きれいに　します　　③母(はは)

II

A：もうすぐ　①先生(せんせい)の　誕生日(たんじょうび)ですね。

B：わたしは　②花(はな)を　③贈(おく)って　さしあげようと　思(おも)って　います。

①先生(せんせい)は　②花(はな)が　大好(だいす)きですから。

A：それは　いいですね。

（１）①部長(ぶちょう)　　②ワイン　　③贈(おく)ります

（２）①社長(しゃちょう)　　②パーティー　　③開(ひら)きます

（３）①先生(せんせい)の　奥(おく)さん　　②お菓子(かし)　　③作(つく)ります

応用会話(おうようかいわ)

A：田中君(たなかくん)、卒業(そつぎょう)　おめでとう。

B：先生(せんせい)　ありがとうございます。

先生(せんせい)に　進路(しんろ)に　ついて、アドバイスを　いただいたり、

放課後(ほうかご)　勉強(べんきょう)を　教(おし)えて　いただいたり　しました。

いろいろ　お世話(せわ)に　なりました。

A：これからも　頑張(がんば)ってね。

B：はい、頑張(がんば)ります。

お世話(せわ)になりました：承蒙關照

応用編

CD A-37

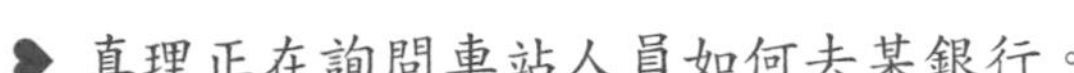
真理正在詢問車站人員如何去某銀行。

「すみません。」

「はい。」

「ＡＢＣ銀行へ　行きたいんですが、
道を　教えて　くださいませんか。」

「ＡＢＣ銀行ですね。ちょっと　待って　いただけませんか。
地図を　かいて　さしあげますから。」

「はい、お願いします。」

44-5 住所を　教えて　くださいませんか。
＝住所を　教えて　いただけませんか。

- わたしの　本を　返して　くださいませんか。
- 道が　わからないので、駅まで　連れて　行って　くださいませんか。
- すみません、お砂糖を　取って　いただけませんか。
- 何か　おいしい　料理を　紹介して　いただけませんか。

句子愈長愈客氣

(友達に)　ペン、貸してくれない？
(店の人に)　ペンを貸してくれませんか。
(先生に)　ペンを貸してくださいませんか。

単語

CD B-01

危機（きき）1 一髪（いっぱつ）4	千鈞一髪
テロリスト 3	恐怖份子
暗殺（あんさつ）0	暗殺
計画（けいかく）0	計畫
情報（じょうほう）0	資訊，消息
うわさ 0	謠言；背後議論
爆弾（ばくだん）0	炸彈
ピストル 0	手槍
弾（たま）2	子彈
命（いのち）1	生命；壽命
腕（うで）2	手臂，胳膊
救急車（きゅうきゅうしゃ）3	救護車
トラック 2	卡車
パトカー 3, 2	(警察)巡邏車
病人（びょうにん）0	病人
大統領（だいとうりょう）3	總統
司会者（しかいしゃ）2	司儀

▼

母校（ぼこう）1	母校
ロビー 1	(旅館等的)大廳
マスク 1	口罩；面具
ガイドブック 4	指南，導覽手冊
遊泳（ゆうえい）0	游泳
禁止（きんし）0	禁止
記号（きごう）0	記號，符號
意味（いみ）1	意思，意義
ガス 1	瓦斯
ドラマ 1	戲劇

当（あ）たります 4【当たる 0】	碰撞；命中
撃（う）ちます 3【撃つ 1】	射擊
落（お）ち着（つ）きます 5【落ち着く 0】	沉著，冷靜；穩定
下（お）ろします 4【下ろす 2】	放低，放下
飛（と）び出（だ）します 5【飛び出す 3】	飛出；跳出；衝出
辞（や）めます 3【辞める 0】	辭職

▼

ああ 1	(回答)是，是啊
さて 1	(另起話題)且說
～ばかり	只，僅

第45課「危機一髪」

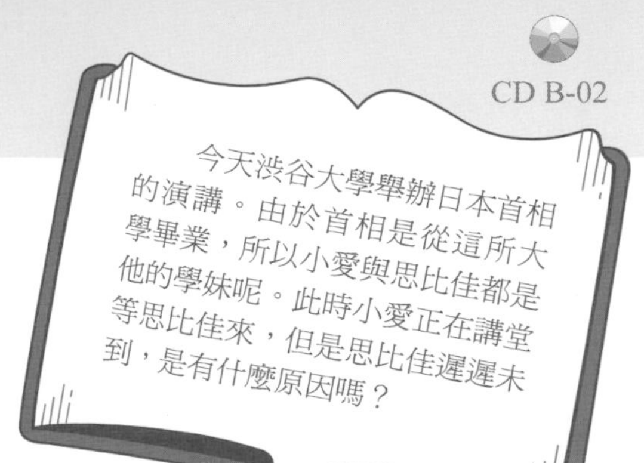

CD B-02
今天渋谷大學舉辦日本首相的演講。由於首相是從這所大學畢業，所以小愛與思比佳都是他的學妹呢。此時小愛正在講堂等思比佳來，但是思比佳遲遲未到，是有什麼原因嗎？

「スピカ。遅いよ。
もう　首相の　話が　始まるわよ。」

「ごめん、ごめん。
愛、実は　この中に　テロリストが　いる　らしいです。
わたしの　携帯電話に　首相の　暗殺計画が
あるという　情報が　送られて　来ました。」

「**えっ！？**」

「大丈夫。チッピーも　連れて　来たから。」

司会者の　紹介の　あと、首相が　講堂に　入って　来ました。

首相「こんにちは。
今日は　母校の　皆さんと　話が　できるので、
とても　うれしいです。さて・・・」

「**爆弾だ。逃げろ。**」だれかが　叫びました。

「**落ち着け。走るな。**」

そのとき、隣に　座って　いた　男が
スピカの　腕を　捕まえました。

「**助けて！！**」

男は　ピストルを　持って　います。

「**スピカ！！！**」

「**動くな。首相を　連れて　来い。**」

そのとき 聞いた ことが ある 声が しました。
ピストルを 下ろしなさい。
あっ、ルーク！ 助けて！
チッピーが 飛び出しました。ルークが 男に 向かって ピストルを 撃ちました。
弾が 男の 足に 当たって 男は 倒れました。
ルーク、恐かった・・・。
もう 大丈夫だよ。
爆弾のタイマーを 切りました。
よかった。
携帯に情報を送って 来た人はルークね。
ああ。
首相は世界の歴史を 変える大事な人なんだ。
だから、首相の命を守らなくちゃ いけなかった。
それで、22世紀から 来たのね。
そうだ。
もう仕事が終わった から、22世紀に帰ら なければならない。
ルーク、ありがとう。 また会える？
もちろん。 22世紀でね。
わかった。 じゃあ、また・・・。

①愛は　首相と　同じ　大学ですか。

____

②ルークが　撃った　ピストルの　弾は　男の　どこに　当たりましたか。

____

③爆弾の　タイマーは　だれが　切りましたか。

____

④スピカの　携帯に　情報を　送って　来た　人は　だれですか。

____

⑤ルークは　何世紀の　人ですか。

____

45-1 火事だ。逃げろ。

- 早く　外に　出ろ。
- 辞書を　持って　来い。
- 大きい　声で　話せ。
- ガスの　火を　消せ。
- 急いで　帰れ。
- 正しい　答えを　選べ。

命令形(めいれいけい)の作(つく)り方(かた)

I 類動詞

洗(あら)います→　　洗(あら)え

行(い)きます→　　行(い)け　　（い段音→え段音）

話(はな)します→　　話(はな)せ

持(も)ちます→　　持(も)て

飲(の)みます→　　飲(の)め

走(はし)ります→　　走(はし)れ

遊(あそ)びます→　　遊(あそ)べ

II 類動詞

食(た)べます→　　食(た)べろ

見(み)ます→　　見(み)ろ

III 類動詞

＊来(き)ます→　　＊来(こ)い

＊します→　　＊しろ

勉強(べんきょう)します→　　勉強(べんきょう)しろ

I類和III類動詞的
變化特別

45-2 電話（でんわ）で　話（はなし）を　するな。

動詞辞書形＋な

- 大（おお）きい　声（こえ）で　笑（わら）うな。
- こっちに　来（く）るな。
- 明日（あす）は　遅刻（ちこく）するな。
- 教室（きょうしつ）で　ボールを　投（な）げるな。
- ここで　騒（さわ）ぐな。
- マンガばかり　読（よ）むな。勉強（べんきょう）しろ。

45-3 勉強（べんきょう）しなさい。

勉強します→勉強しなさい

- 早（はや）く　外（そと）に　出（で）なさい。
- 辞書（じしょ）を　持（も）って　来（き）なさい。
- 大（おお）きい　声（こえ）で　話（はな）しなさい。
- ガスの　火（ひ）を　消（け）しなさい。
- 急（いそ）いで　帰（かえ）りなさい。
- 正（ただ）しい　答（こた）えを　選（えら）びなさい。
- 部屋（へや）を　出（で）るとき、「失礼（しつれい）しました。」と　言（い）いなさい。

45-4 この記号(きごう)は　晴(は)れという　意味(いみ)です。

これは　{ 雨(あめ)が　降(ふ)る / 捨(す)てるな / トイレ }　という　意味(いみ)です。

- この象(ぞう)は　ロッキーという　名前(なまえ)です。
- A：これは　何(なん)という　花(はな)ですか。
  B：これは　ゆりという　花(はな)です。
- 「謝謝」は　日本語(にほんご)で　「ありがとう」という　意味(いみ)です。
- わたしは　スター電気(でんき)という　会社(かいしゃ)で　働(はたら)いて　います。
- 田中(たなか)さんが　会社(かいしゃ)を　辞(や)める　という　ことを　知(し)って　驚(おどろ)きました。
- コンサート会場(かいじょう)が　変(か)わった　という　ことを　だれに　聞(き)きましたか。
- アメリカの　大統領(だいとうりょう)が　日本(にほん)へ　来(く)る　という　ニュースを　テレビで　見(み)ました。

45-5 隣の　部屋に　だれか　いる　らしいです。

田中さんは　ロビーで　30分以上　待った
ニュースに　よると、北海道は　とても　寒い
お客さんが　並んで　います。あの店は　おいしい
} らしいです。

普通体＋らしい

林さんは　一度に　3個も　食べました。ケーキが　好き
これは　最近　日本で　人気の　ドラマ
} らしいです。

例外
(×)好きだらしい→好きらしい
(×)ドラマだらしい→ドラマらしい

▶ 救急車が　来て　います。病人が　いる　らしいです。

▶ うわさに　よると、山田さんは　歌が　上手らしいです。

▶ 鈴木さんは　マスクを　して　います。
風邪を　引いて　いる　らしいです。

▶ きのう　トラックで　荷物を　運んで　いました。
あの家は　引っ越しした　らしいです。

▶ A：パトカーが　止まって　いますね。
B：交通事故らしいです。

練習

Ⅰ 例）わたし[は] 愛です。

①山田さんは　病気□　治った　らしいですよ。

②わたしは　毎日　母□　「勉強しなさい。」と　言われて　います。

③あれは　「たばこを　吸っては　いけません」□いう　意味です。

④金曜日まで□　レポート□　出しなさい。

⑤「車□　乗れ。」と　言いました。

Ⅱ

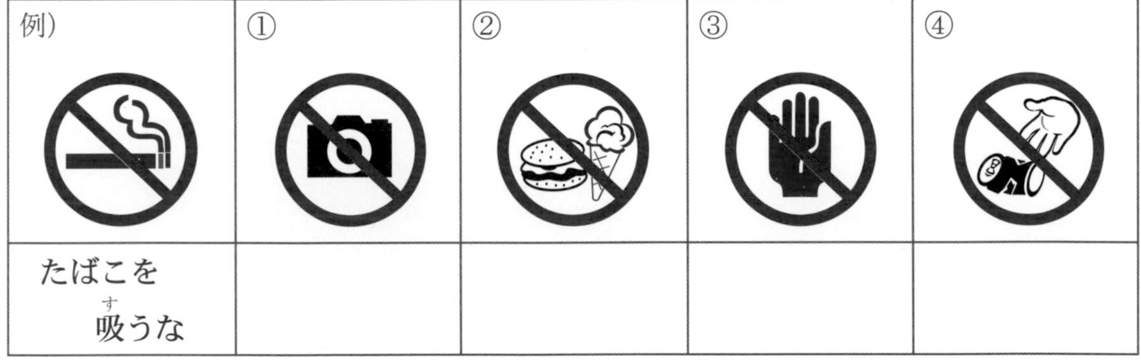

例）	①	②	③	④
たばこを吸うな				

Ⅲ 例）電話に　出ませんね。（留守です）→　留守らしいです。

①電気が　消えて　います。（だれも　住んで　いません）

→

②花子さんは　うれしそうです。（来月　結婚します）

→

③リーさんは　早く　帰りました。（体の　具合が　悪いです）

→

④中野さんの　息子さんを　見ませんね。（アメリカへ　留学しました）

→

⑤どこの　ホテルが　いいですか。（さくらホテルが　いいです）

→

Ⅳ 新しい　先生が　来ます。

例）どんな　先生ですか。（若い　先生です）

→　若い　先生らしいです。

①男の　先生ですか。（いいえ、女の　先生です）

→

②いつ　来るんですか。（来週の　月曜日に　来ます）

→

③その先生は　きれいですか。（はい、とても　きれいです）

→

④恐いですか。（いいえ、優しいです）

→

⑤その先生は　どこに　住んで　いますか。（渋谷に　住んで　います）

→

⑥何を　教えますか。（英語を　教えます）

→

⑦いくつぐらいですか。（２５歳ぐらいです）

→

CD B-03,04,05

I

A：先生（せんせい）、①ここで　勉強（べんきょう）しても　いいですか。

B：だめですよ。

②遅（おそ）いから　③帰（かえ）りなさい。

A：はい、わかりました。

（1）①教室（きょうしつ）で　ダンスを　練習（れんしゅう）します　②うるさい　③外（そと）へ　行（い）きます

（2）①バイクで　来（き）ます　②危（あぶ）ない　③歩（ある）いて　来（き）ます

（3）①この牛乳（ぎゅうにゅう）を　飲（の）みます　②古（ふる）い　③捨（す）てます

II

A：鈴木（すずき）さん、知（し）ってますか。

佐藤（さとう）さんは　①来週（らいしゅう）　②アメリカへ　行（い）く　らしいですよ。

B：本当（ほんとう）ですか。

A：ええ、③飛行機（ひこうき）の　チケットを　買（か）って　いましたから。

B：ぜんぜん　知（し）りませんでした。

（1）①来年（らいねん）　②子供（こども）が　生（う）まれます　③子供（こども）の　服（ふく）を　作（つく）ります

（2）①あした　②富士山（ふじさん）に　登（のぼ）ります　③ガイドブックを　見（み）ます

（3）①来月（らいげつ）　②国（くに）に　帰（かえ）ります　③国（くに）の　お母（かあ）さんに　電話（でんわ）します

応用会話（おうようかいわ）

A：きれいな　海（うみ）ですね。

B：はい、ここは　とても　有名（ゆうめい）な　所（ところ）です。

A：あそこに　何（なに）か　書（か）いて　ありますね。

「遊（ゆう）・泳（えい）・禁（きん）・止（し）」。どういう意味（いみ）ですか。

B：「泳（およ）ぐな」という　意味（いみ）です。

A：そうですか。わかりました。

MEMO

単語

 CD B-06

單字	中文
ホームコンサート 4	家庭音樂會
名曲（めいきょく） 0	名曲
オーケストラ 3	管絃樂；管絃樂團
指揮棒（しきぼう） 2, 0	指揮棒
フルート 2	長笛
トランペット 4	小喇叭
チェロ 1	大提琴
	▼
お辞儀（じぎ） 0	行禮，鞠躬
スピーチ 2	致詞，演講
拍手（はくしゅ） 1	拍手，鼓掌
ロングドレス 4	長禮服
スプーン 2	湯匙
フォーク 1	叉子
布団（ふとん） 0	被褥
押し入れ（おしいれ） 0	(日式)壁櫥
体育館（たいいくかん） 4, 3	體育館
床屋（とこや） 0	理髮店
区（く） 1	區
	▼
秘書（ひしょ） 2, 1	秘書
博士（はかせ） 1	博士
監督（かんとく） 0	教練；導演
選手（せんしゅ） 1	選手
社員（しゃいん） 1	公司職員
	▼
～おき	每隔～
～部（ぶ）	(團體)～部，～社團
夜中（よなか） 3	半夜，深夜
実験（じっけん） 0	實驗
結果（けっか） 0	結果
用（よう） 1	要事
産業（さんぎょう） 0	產業
真ん中（まんなか） 0	正中央
支度（したく） 0	準備，預備
緑（みどり） 1	綠色
	▼
おや 1, 2	(驚訝)唉呀，咦
できるだけ 0	盡量，盡可能
キラキラ 1	亮晶晶
それでは 3	那麼，那樣的話
丸い（まるい） 0	球形的，圓的
小さな（ちいさな） 1	小的
	▼
光ります（ひかります） 4【光る 2】	發光，發亮
振ります（ふります） 3【振る 0】	搖，揮
足ります（たります） 3【足りる 0】	夠，足夠
演奏します（えんそうします） 6【演奏する 0】	演奏
遠慮します（えんりょします） 5【遠慮する 0】	客氣，辭讓
感動します（かんどうします） 6【感動する 0】	感動
出場します（しゅつじょうします） 6【出場する 0】	出場
利用します（りようします） 5【利用する 0】	利用

第46課「ホームコンサート」

CD B-07

小愛受邀參加思比佳家裡舉辦的家庭音樂會。這將是怎樣的音樂會呢？還有會聽到什麼樣的音樂呢？小愛內心期待著。

「今度の　土曜日　家で
ホームコンサートを　開くので、
来ませんか。」
「どんな　コンサートですか。」
「オーケストラで　22世紀の　名曲を　演奏します。」
「えっ、スピカの　家に　オーケストラが　入れますか。」
「大丈夫。コンサートの　後　ワインも　あるし、
おいしい　料理も　あるし・・・」
「いいんですか・・・」
「遠慮しないで　ください。でも、お願いが　あります。
来る　ときに、お人形を　一つ　持って　来て　ください。」

土曜日です。もう　お客さんが　おおぜい　来て　います。
緑の　髪や　青い　髪、ピンクの　髪の　人も　います。
珍しい　服を　着て　いる　人が　何人も　いるので、
愛は　びっくりしました。

「愛　お人形は？」
「はい、これで　いい？」
「ありがとう。
バイオリンが　足りなかったんです。」
「おや？　オーケストラは　どこ？
ピアノが　1台　あるだけです。」
「もうすぐ　始まるから、座って　ください。」

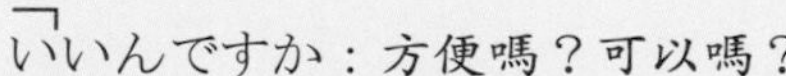
いいんですか：方便嗎？可以嗎？

ピアノの　上に　小さな　人形が　たくさん　並んで　います。
スピカは　愛が　持って　来た　人形を　ピアノの
真ん中に　置きました。
ロングドレスを　着た　フレアが　出て　来ました。
フレアは　キラキラ　光って　いる　指揮棒を　持って　います。

「それでは、皆様　演奏を　始めます。」

フレアは　指揮棒を　振って　人形を　立たせました。
もう一度　振って　人形に　お辞儀を　させました。
愛は　目を　丸く　して　見て　います。

フレアは　人形たちに　フルートや　トランペットや
チェロなどを　演奏させて　います。
愛の　人形には　バイオリンを　弾かせて　います。
すばらしい　演奏に　愛は　感動しました。
みんな　拍手を　して　います。

「今日は　わたしの　曲を　きいて　くださって、
ありがとうございました。
おいしい　料理や　ワインも　用意して　ありますので、どうぞ。」

愛は　お客さんたちと　一緒に　料理を　食べながら、
歌を　歌ったり　話を　したり　しました。

「愛ちゃん、歌が　上手ですね。」
「今度は　ぼくに　歌わせて　ください。」
全員「チッピー、歌だけは　やめてーーー！」

①愛は　コンサートに　何を　持って　行きましたか。

②オーケストラは　どこに　いましたか。

③フレアは　人形に　何を　させましたか。

④愛は　コンサートの　後、何を　しましたか。

⑤チッピーは　何と　言いましたか。

46-1 先生(せんせい)は　学生(がくせい)を　立(た)たせました。

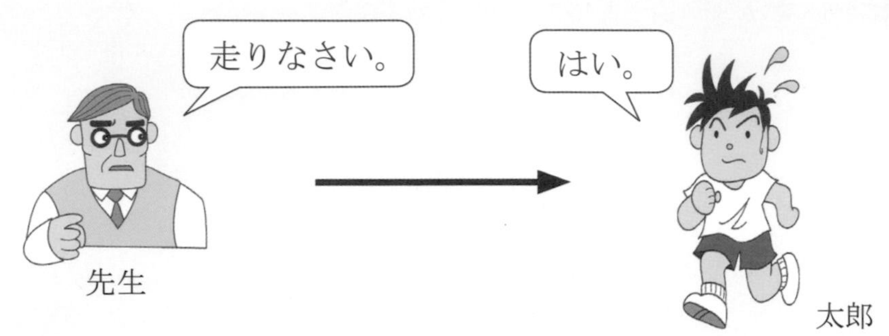

太郎君(たろうくん)は　走(はし)りました。（自動詞）
→先生(せんせい)は　太郎君(たろうくん)を　走(はし)らせました。

監督(かんとく)／鈴木(すずき)さん／父(ちち) は 選手(せんしゅ)／山田(やまだ)さん／弟(おとうと) を
- 毎日(まいにち)　走(はし)らせます。
- 待(ま)たせました。
- 郵便局(ゆうびんきょく)へ　行(い)かせます。

- エマさんは　拓哉君(たくやくん)を　床屋(とこや)へ　行(い)かせました。
- 社長(しゃちょう)は　社員(しゃいん)を　夜中(よなか)まで　働(はたら)かせます。
- 医者(いしゃ)は　加藤(かとう)さんを　入院(にゅういん)させました。
- 先生(せんせい)は　リーさんを　スピーチ大会(たいかい)に　出場(しゅつじょう)させました。
- 部長(ぶちょう)は　佐藤(さとう)さんを　自動車産業(じどうしゃさんぎょう)の　国際会議(こくさいかいぎ)に　出席(しゅっせき)させました。

使役形(しえきけい)の作(つく)り方(かた)

I 類動詞

洗(あら)います→　洗(あら)わせる

行(い)きます→　行(い)かせる　（い段音→あ段音+せる）

話(はな)します→　話(はな)させる

持(も)ちます→　持(も)たせる

飲(の)みます→　飲(の)ませる

走(はし)ります→　走(はし)らせる

遊(あそ)びます→　遊(あそ)ばせる

II 類動詞

食(た)べます→　食(た)べさせる

見(み)ます→　見(み)させる

III 類動詞

＊来(き)ます→　＊来(こ)させる

＊します→　＊させる

勉強(べんきょう)します→　勉強(べんきょう)させる

I類和III類動詞的變化特別

46-2 先生(せんせい)は　学生(がくせい)に　本(ほん)を　読(よ)ませました。

姉(あね)	は	夫(おっと)	に	荷物(にもつ)	を	持(も)たせました。
母(はは)		娘(むすめ)		夕飯(ゆうはん)の　支度(したく)		させます。
部長(ぶちょう)		秘書(ひしょ)		会議(かいぎ)の　資料(しりょう)		作(つく)らせます。

- 父(ちち)は　弟(おとうと)に　スプーンと　フォークを　持(も)って　来(こ)させました。
- 先生(せんせい)は　子供(こども)たちに　言葉(ことば)の　意味(いみ)を　調(しら)べさせました。
- 母(はは)は　子供(こども)たちに　布団(ふとん)を　押(お)し入(い)れに　片付(かたづ)けさせました。
- 博士(はかせ)は　学生(がくせい)に　実験(じっけん)の　結果(けっか)を　３日(みっか)おきに　報告(ほうこく)させました。
- できるだけ　毎日(まいにち)　花子(はなこ)ちゃんに　ピアノの　練習(れんしゅう)を　させて　ください。

46-3a わたしは　娘を　留学させました。

わたしは　娘を　留学させました。

▶ 母は　妹に　欲しい　おもちゃを　買わせました。

▶ 父は　兄に　好きな　仕事を　させました。

▶ 学生が　熱心に　お願いしたので、先生は　学生を　試合に　出させました。

46-3b すみません、座らせて　ください。

▶ きょうは　用が　あるので、早く　帰らせて　ください。

▶ A：卓球部の　練習を　したいので、区の　体育館を　利用させて　ください。
B：わかりました。

▶ ちょっと　休ませて　くださいませんか。

▶ 一緒に　写真を　撮らせて　もらえますか。

▶ ちょっと　使わせて　もらえませんか。

▶ ちょっと　触らせて　いただけますか。

▶ わたしに　させて　いただけませんか。

Ⅰ 例）わたし［は］ 愛です。

①父は 兄□ ピアノの 練習□ させました。

②春に なる□ 桜が 咲きます。

③田中さんは 子供たち□ 英語□ 習わせて います。

④チンさんは ワンさん□ 時計□ もらいました。

⑤このビルの 30階から 富士山□ 見えます。

Ⅱ 例）お母さん・子供は 海で 泳ぎます

→ お母さんは 子供を 海で 泳がせます。

①医者・祖母は 入院します

→

②兄・妹は 買い物に 行きます

→

③先生・生徒たちは 廊下に 並びます

→

④部長・田中さんは 大阪へ 出張します

→

⑤太郎さん・花子さんは 1時間 待ちました

→

Ⅲ 例）わたし・娘は 夕ごはんを 作ります

→ わたしは 娘に 夕ごはんを 作らせます。

①父・兄は 母の 誕生日の ケーキを 買います

→

②先生・学生たちは 机を 運びます

→

③姉(あね)・弟(おとうと)は　壊(こわ)れた　時計(とけい)を　直(なお)します

→

④警官(けいかん)・運転手(うんてんしゅ)は　車(くるま)を　止(と)めます

→

⑤部長(ぶちょう)・佐藤(さとう)さんは　電車(でんしゃ)の　時間(じかん)を　調(しら)べます

→

Ⅳ例(れい)）わたしは　ダンスが　習(なら)いたいです。

→　ダンスを　習(なら)わせて　ください。

①ここで　遊(あそ)びたいです。

→

②パソコンが　使(つか)いたいです。

→

③この大学(だいがく)の　試験(しけん)が　受(う)けたいです。

→

④ハワイへ　留学(りゅうがく)したいです。

→

⑤熱(ねつ)が　あるので、家(いえ)へ　帰(かえ)りたいです。

→

話しましょう

CD B-08,09,10

I

A：学生(がくせい)たちは　何(なに)を　して　いるんですか。

B：①教室(きょうしつ)を　汚(よご)したんです。

　それで、先生(せんせい)が　学生(がくせい)たちに

　②掃除(そうじ)を　させて　いるんです。

A：そうですか。

（1）①宿題(しゅくだい)を　忘(わす)れました　　②レポートを　書(か)きます

（2）①コンサートが　あります　　②歌(うた)の　練習(れんしゅう)を　します

（3）①運動会(うんどうかい)が　あります　　②運動会(うんどうかい)の　準備(じゅんび)を　します

II

A：すみません。ちょっと　その辞書(じしょ)を　使(つか)わせて　もらえますか。

B：ええ、いいですよ。

A：どうもありがとうございます。

（1）その靴(くつ)を　はきます

（2）前(まえ)の　席(せき)に　座(すわ)ります

（3）前(まえ)を　通(とお)ります

応用会話(おうようかいわ)

A：すみません。

　その本(ほん)を　見(み)せて　いただけませんか。

B：どうぞ。

A：いい　本(ほん)ですね。

　このページを　コピーさせて　いただいても　いいですか。

B：はい。あそこの　機械(きかい)で　どうぞ。

MEMO

47

単語

CD B-11

ミュージカル 1	音樂喜劇，音樂片
スター 2	星星；明星，傑出人物
ステージ 2	(表演)舞臺
ニューヨーク 3	紐約
一人暮らし（ひとりぐらし） 4	獨自生活
レッスン 1	課，課程
講義（こうぎ） 1, 3	講課
貯金（ちょきん） 0	儲蓄，存款
	▼
家庭（かてい） 0	家庭
自分（じぶん） 0	自己
彼ら（かれら） 1	他們
交差点（こうさてん） 0, 3	交叉路口，十字路口
ガソリンスタンド 6	加油站
バス停（バスてい） 0	公車站牌
急行（きゅうこう） 0	快車
港（みなと） 0	港，港口
貿易（ぼうえき） 0	貿易
普通（ふつう） 0	普通，一般
裏（うら） 2	反面；後面；裡面
～目（め）	第～
	▼
けれども／けれど 1	但是，然而
ちっとも 3	(後接否定)一點也(不)
つらい 0	辛苦的，難受的
弱い（よわい） 2	弱的
盛ん（さかん）（な） 0	盛大(的)，繁盛(的)
不安（ふあん）（な） 0	不安(的)
楽（らく）（な） 2	輕鬆(的)；容易(的)
大きな（おおきな） 1	大的
	▼
かないます 4【かなう 2】	實現
さします 3【さす 1】	撐(傘)
曲がります（まがります） 4【曲がる 0】	彎曲；轉彎
～がります【～がる】	覺得～，感到～
恥ずかしがります（はずかしがります） 7【恥ずかしがる 5】	覺得丟臉，感到羞恥
ためます 3【ためる 0】	積，存
慣れます（なれます） 3【慣れる 2】	習慣，適應；熟練
ぬれます 3【ぬれる 0】	沾濕，淋濕
下宿します（げしゅくします） 5【下宿する 0】	住宿，寄宿

第47課「愛の　夢」

CD B-12

第37課曾提到小健將來想當獸醫，其實小愛也和弟弟一樣懷抱著夢想呢。她目前似乎正在為將來的夢想而努力打工存錢。小愛的夢想究竟是什麼呢？

　健は　将来　獣医に　なると
決めて　いる。将来の　夢の　ために、
ほとんど　遊ばないで　毎日　勉強して　いる。

　わたしにも　大きな　夢が　ある。
まだ　だれにも　話して　いないが、
わたしは　将来　ミュージカルを　やりたい。
高校生の　ときに、初めて　ミュージカルを
見た。そのとき　すごく　感動した。
わたしも　ミュージカルスターに　なって
おおぜいの　人を　感動させたいと
思って　いる。そのために、歌と　踊りの
勉強を　しなければ　ならない。

　わたしは　今　アルバイトを　して　いる。お金は　使わずに
留学する　ために、貯金して　いる。大学を　卒業した　後で、
歌と　踊りの　勉強に　ニューヨークへ　行く　つもりだからだ。
大学の　授業・アルバイト・ボランティアなど　毎日　忙しいが、
ちっとも　大変だとは　思わない。まだ　両親に　話して　いないが、
きっと　賛成して　くれると　思う。

　一人暮らしは　少し　不安だ。それに、歌や　踊りの　レッスンも
楽では　ないと　思う。つらい　ことが　多いかもしれない。
けれども、いつか　ミュージカルの　ステージに　立てる　ように
一生懸命　練習する　つもりだ。

思比佳看見正在發呆的小愛……

「愛(あい)、何(なに)を　考(かんが)えて　いるんですか。」

「ちょっと、自分(じぶん)の　将来(しょうらい)の　ことを・・・。」

「将来(しょうらい)？　愛(あい)の　将来(しょうらい)は・・・。」

「えっ？」

「いいえ、何(なん)でも　ありません。
夢(ゆめ)が　かなうと　いいですね。」

何(なん)でもありません：沒什麼，沒事

①愛(あい)の　夢(ゆめ)は　何(なん)ですか。

____

②夢(ゆめ)の　ために、何(なに)を　しなければ　なりませんか。

____

③愛(あい)は　何(なん)の　ために、アルバイトを　して　いますか。

____

④愛(あい)は　どうして　忙(いそが)しいですか。

____

⑤愛(あい)は　両親(りょうしん)に　ニューヨークへ　行(い)く　ことを　話(はな)しましたか。

____

47-1a ごはんを　食べ<u>ないで</u>　学校へ　行きました。

辞書を　使わ	}	ないで	{ 英語の　新聞を　読みます。
かさを　ささ			ぬれて　帰りました。
予約を　し			ホテルへ　行きました。

- ▸ 名前は　表に　書かないで　裏に　書いて　ください。
- ▸ 急行電車に　乗らないで　普通電車で　日光へ　行きました。
- ▸ きのう　どこも　行かないで　家に　いました。
- ▸ A：1つ目の　交差点を　曲がりますか。
  B：いえ、曲がらないで　まっすぐ　行って　ください。
- ▸ 拓哉君は　恥ずかしがらないで　大きな　声で　挨拶を　しました。

47-1b ごはんを　食べ<u>ずに</u>　学校へ　行きました。

辞書を　使わ	}	ずに	{ 英語の　新聞を　読みます。
かさを　ささ			ぬれて　帰りました。
予約を　せ			ホテルへ　行きました。

- ▸ 名前は　表に　書かずに　裏に　書いて　ください。
- ▸ 急行電車に　乗らずに　普通電車で　日光へ　行きました。
- ▸ きのう　どこも　行かずに　家に　いました。
- ▸ 拓哉君は　恥ずかしがらずに　大きな　声で　挨拶を　しました。

動詞ない形

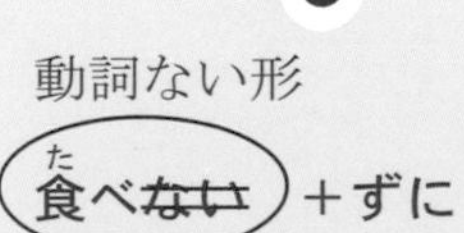

注意：しない→せずに
　　　来ない→来ずに

47-2 家を 買う ためにに、働いて います。

大学に 入る 会社を 作る 旅行の	ために、	勉強して います。 お金を ためて います。 アルバイトを します。

動詞辞書形／名詞の＋ために

- 日本の 生活に 慣れる ために、日本人の 家庭に 下宿します。
- 会議に 出席する ために、大阪へ 出張します。
- 彼らは 大学生活を 楽しむ ために、サークルに 入りました。
- 佐藤先生は 留学生の ために、日本文化に ついての 講義をしました。
- 文法の 勉強の ために、電子辞書を 買う つもりです。

47-3 体が 弱かった ために、一週間 入院しました。

寝坊した / 値段が 高い } ために、{ 遅刻を しました。 / このテレビは あまり 売れません。

普通体＋ために

この海岸は 危険な / 大雨の } ために、{ だれも 泳ぎません。 / 野球の 試合は 中止です。

例外
(×)危険だため→危険なため
(×)大雨だため→大雨のため

- 彼の 電話番号を 知らない ために、連絡できません。
- 時間を 間違えた ために、会議に 出られませんでした。
- 周りが うるさい ために、先生の 声が 聞こえません。
- けがの ために、試合に 出られませんでした。
- この町は 大きな 港が ある ために、昔 から 貿易が 盛んです。

練習

Ⅰ例）わたし[は]　愛です。

①新しい　ものを　買わない□　修理しました。

②宿題を　せず□　寝て　しまいました。

③田中さんは　妹□　ため□　お土産を　買いました。

④先生□　鈴木君□　座らせました。

⑤わたし□　弟に　かさ□　持って　来させました。

Ⅱ例）A：コーヒーに　砂糖を　入れて　飲みますか。

B：いいえ、砂糖を　入れないで　飲みます。

①A：今日は　コートを　着て　出かけますか。

B：いいえ、______________________________

②A：両親に　相談して　留学を　決めましたか。

B：いいえ、______________________________

③A：地図を　見て　ここへ　来ましたか。

B：いいえ、______________________________

④A：説明書を　読んで　作りましたか。

B：いいえ、______________________________

⑤A：眼鏡を　かけて　映画を　見ますか。

B：いいえ、______________________________

Ⅲ例）きのうの　夜は　何も　食べずに　寝て　しまいました。

①バスに　__________に　歩いて　行きます。

②明日は　どこへも　__________に　家に　います。

③ホテルの　予約を　__________に　旅行に　行きました。

④名前を　__________に　レポートを　出して　しまいました。

⑤帽子を　__________に　出かけました。

Ⅳ例）留学します。会社を　辞める　つもりです。

　　→　留学する　ために、会社を　辞める　つもりです。

①会議です。大阪へ　出張しなければ　なりません。

→

②結婚します。お金を　ためて　います。

→

③９時の　飛行機に　乗ります。早く　起きます。

→

④レポートを　書きます。図書館で　本を　たくさん　借ります。

→

話しましょう

CD B-13,14,15

Ⅰ

A：①ごはんを　食(た)べずに　②仕事(しごと)を　して　いたんですか。

B：そうなんです。①ごはんを　食(た)べないで　頑張(がんば)りました。

A：すごいですね。でも、①ごはんを　食(た)べた　ほうが　いいですよ。

（1）①寝(ね)ません　　②勉強(べんきょう)します

（2）①休(やす)みません　　②走(はし)ります

（3）①家(いえ)に　帰(かえ)りません　　②働(はたら)きます

Ⅱ

A：毎日(まいにち)　①アルバイトを　して　いるんですか。

B：はい、②旅行(りょこう)に　行(い)く　ために、③働(はたら)いて　います。

A：そうですか。

（1）①勉強(べんきょう)　　②留学(りゅうがく)します　　③英会話(えいかいわ)の　ＣＤを　聞(き)きます

（2）①運動(うんどう)　　②健康(けんこう)　　③走(はし)ります

（3）①料理(りょうり)　　②家族(かぞく)　　③おいしい　食事(しょくじ)を　作(つく)ります

応用会話(おうようかいわ)

A：事故(じこ)が　あった　ために、
　この地下鉄(ちかてつ)は　動(うご)いて　いませんよ。

B：えっ、そうなんですか。困(こま)りました。

A：どこへ　行(い)くんですか。

B：東京駅(とうきょうえき)です。この地下鉄(ちかてつ)に　乗(の)らずに
　東京駅(とうきょうえき)へ　行(い)く　ことは　できますか。

A：バスで　行(い)けますよ。
　あのガソリンスタンドの　先(さき)に　バス停(てい)が　あります。

B：あー　よかった。

MEMO

48

単語

CD B-16

単語	中文
一家（いっか） 1	一家，全家
話し合い（はなしあい） 0	商量，商議
一月（ひとつき） 2	一個月
習慣（しゅうかん） 0	習慣
社会（しゃかい） 1	社會
政治（せいじ） 0	政治
教育（きょういく） 0	教育
論文（ろんぶん） 0	論文
プリント 0	印刷品，講義
コンクール 3	(文藝)競賽
提出日（ていしゅつび） 4	提交日
留学生（りゅうがくせい） 4，3	留學生
▼	
近所（きんじょ） 1	近處，附近
光（ひかり） 3	光，光線
林（はやし） 0	林，樹林
動物園（どうぶつえん） 4	動物園
ひも 0	帶，細繩
定規（じょうぎ） 1	尺
やかん 0	燒水壺，茶壺
電卓（でんたく） 0	電子計算機
営業（えいぎょう） 0	營業
満員（まんいん） 0	客滿，額滿
通勤（つうきん） 0	通勤
番組（ばんぐみ） 0	(電視等)節目
電報（でんぽう） 0	電報
かわいそう（な） 4	可憐(的)
様々（さまざま）（な） 2，3	各式各樣(的)
特別（とくべつ）（な） 0	特別(的)，特殊(的)
▼	
当（あ）たります 4【当たる 0】	(光)照射，曬
学（まな）びます 4【学ぶ 0】	學習
測（はか）ります 4【測る 2】	測量(長度、高度)
確（たし）かめます 5【確かめる 4】	查明，弄清楚
整理（せいり）します 1【整理する 1】	整理，整頓

第48課「22世紀に　帰る？！」

CD B-17

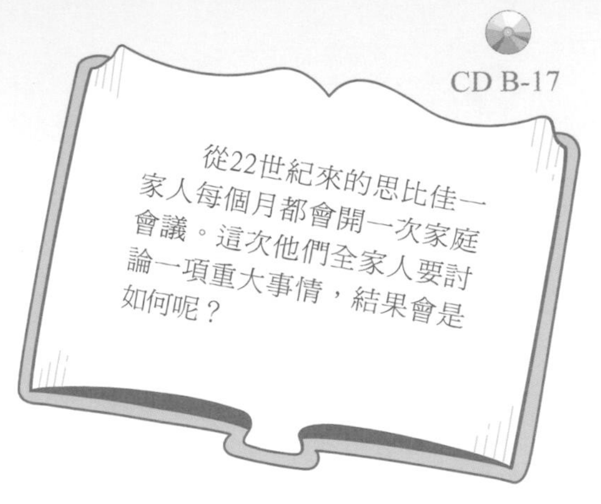

從22世紀來的思比佳一家人每個月都會開一次家庭會議。這次他們全家人要討論一項重大事情，結果會是如何呢？

日曜日の　朝です。

スピカの　家に

春の　明るい　光が　当たって　います。

シリウス一家の　5人は

みんな　家に　います。

一月に　一回　家族みんなで

話し合いを　するのを

習慣に　して　います。

「わたしは　22世紀の　世界へ　戻りたい。
21世紀の　世界では、有名な　コンクールに　出られません。」

「わたしも　戻りたい。大学で　勉強したいし、
友達にも　会いたいです。」

そのとき、スピカの　携帯電話が　鳴りました。

愛からの　電話です。

「ごめんなさい。今　家族みんなで　大切な　話し合いを　して
いる　ところです。後で　電話します。」

思比佳掛掉電話後……

「スピカは　どうですか。
愛ちゃんと　別れるのは　悲しいですね。」

「そうです。愛は　わたしの　大切な　友達です。
21世紀で　勉強も　できます。
できるだけ　この世界に　住みたいです。
パパは　どうですか。」

「21世紀で　難しい　病気の　人を　治すのは　とても　うれしい。
でも、これからの　ことを　考えると・・・。
21世紀に　住むのは　よくないかもしれない。」

「21世紀の　社会は　文化、政治、教育の　歴史を
研究するのに　いい　時代でした。
でも、研究が　終わるので、そろそろ　帰りたいです。」

「スピカ、みんなで　帰るのが　いちばん　いい。」

その夜　シリウスと　ベガは　二人で　話しました。

「スピカに　愛が　ひいおばあちゃんだと
いうのを　知らせては　いけません。
だから、かわいそうですが、
22世紀に　戻りましょう。」

①シリウス一家は　みんなで　何の　話を　して　いますか。

②スピカの　携帯電話に　電話を　かけたのは　だれですか。

③22世紀の　世界へ　戻りたいのは　だれですか。

④どうして　スピカは　22世紀の　世界へ　戻りたくないんですか。

⑤どうして　シリウスと　ベガは　22世紀に　戻る　ことに　しましたか。

48-1 外国語(がいこくご)を　学(まな)ぶのは　楽(たの)しいです。

外(そと)で　遊(あそ)ぶ 論文(ろんぶん)を　書(か)く 公園(こうえん)を　散歩(さんぽ)する	のは	おもしろいです。 たいへんです。 気持(きも)ちが　いいです。

- 電話(でんわ)しながら　運転(うんてん)するのは　危険(きけん)です。
- たばこを　吸(す)うのは　体(からだ)に　悪(わる)いです。

- わたしが　見(み)たのは　イタリアの　映画(えいが)です。
- 動物園(どうぶつえん)が　開(あ)くのは　何時(なんじ)ですか。

48-2 ワンさんは　絵(え)を　かくのが　上手(じょうず)です。

料理(りょうり)を　作(つく)る 音楽(おんがく)を　きく 食(た)べる	のが	速(はや)いです。 好(す)きです。 趣味(しゅみ)です。

- わたしは　車(くるま)を　運転(うんてん)するのが　下手(へた)です。
- 子供(こども)は　薬(くすり)を　飲(の)むのが　嫌(きら)いです。
- 飛行機(ひこうき)が　飛(と)んで　いるのが　見(み)えます。
- 近所(きんじょ)の　子供(こども)が　バイオリンを　弾(ひ)いて　いるのが　聞(き)こえます。
- 林(はやし)の　中(なか)で　鳥(とり)が　鳴(な)いて　いるのが　わかりますか。

48-3 きのうの夜中に地震があったのを知っていますか。

チンさんが　国へ　帰る
このお菓子が　高い
｝のを　知って　います。

普通体＋のを

あの公園が　静かな
彼が　留学生な
｝のを　知って　います。

例外
(×)静かだのを→静かなのを
(×)留学生だのを→留学生なのを

- このレストランの　料理は　おいしかったのを　覚えて　います。
- 鈴木さんが　結婚したのを　聞きましたか。
- この町に　様々な　国の　人が　住んで　いるのを　知って　いますか。
- このひもが　丈夫なのを　確かめました。
- レポートの　提出日が　金曜日なのを　忘れないで　ください。

48-4 消しゴムは　字を　消すのに　使います。

この公園は　{写真を　撮る / 歩く / 運動する}　のに　いいです。

- 定規は　長さを　測るのに　使います。
- この番組は　日本語の　会話を　勉強するのに　役に　立ちます。
- この電卓は　特別な　計算を　するのに　便利です。
- やかんは　お湯を　沸かすのに　使います。
- 昔　電報は　急な　連絡を　するのに　利用されて　いました。
- このスーツケースは　旅行に　必要ですか。
- このプリントは　復習に　使って　ください。

Ⅰ 例）わたし［は］ 愛です。

①説明書の　とおり［　］　作って　ください。

② 妹 は　ピアノ［　］　習いたがって　います。

③わたしは　新しい　服を　買おう［　］　思って　います。

④先生に　相談する　つもり［　］　ありません。

⑤アイスクリーム［　］　作るの［　］　卵を　使いますか。

Ⅱ 例）駅が　近い　（（のは）　のが　のを　）　便利です。

①明日　パーティーが　ある　（　のに　のが　のを　）　知って　います。

②旅行する　（　のに　のが　のを　）　新しい　かばんを　買いました。

③友達と　お酒を　飲む　（　のは　のが　のを　）　楽しいです。

④鳥が　飛んで　いる　（　のは　のが　のを　）　見えます。

⑤郵便局が　開く　（　のに　のは　のが　）　何時ですか。

Ⅲ 例）漢字を　調べます。

→　（　B　）（　辞書　）漢字を　調べるのに　使います。

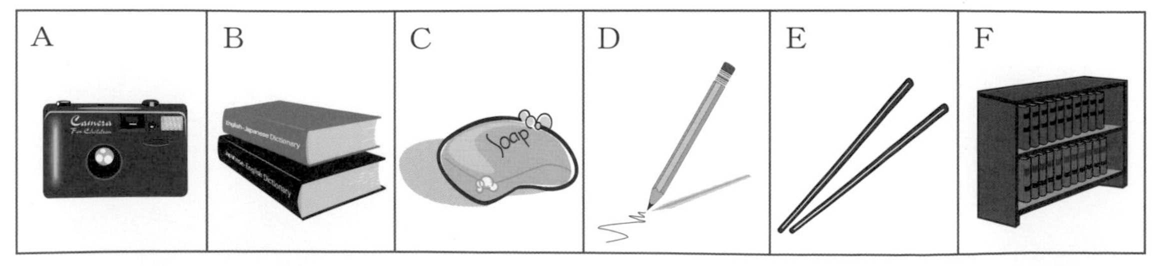

①手を　洗います。

→（　　）（　　　　）＿＿＿＿＿＿＿＿

②写真（しゃしん）を　撮（と）ります。

→（　　　）（　　　　　　）＿＿＿＿＿＿＿＿＿＿

③ごはんを　食（た）べます。

→（　　　）（　　　　　　）＿＿＿＿＿＿＿＿＿＿

④本（ほん）を　入（い）れます。

→（　　　）（　　　　　　）＿＿＿＿＿＿＿＿＿＿

⑤字（じ）を　書（か）きます。

→（　　　）（　　　　　　）＿＿＿＿＿＿＿＿＿＿

CD B-18,19,20

Ⅰ

A：①絵を　かくのが　上手ですね。

B：ありがとうございます。

　　②習って　いるんです。

A：どこで　②習って　いるんですか。

B：③美術教室です。

　　①絵を　かくのは　楽しいですよ。

（1）①日本語を　話します　　②勉強して　います

　　③学校

（2）①ピアノを　弾きます　　②練習して　います

　　③おばあちゃんの　家

（3）①料理を　作ります　　②教えて　います

　　③料理教室

Ⅱ

A：パソコンを　何に　使いますか。

B：レポートを　書くのに　使います。

（1）外国の　友達に　メールします

（2）写真を　整理します

（3）電車の　時間を　調べます

応用会話

A：駅まで　一緒に　帰りましょう。

B：歩くのが　速いですね。

A：ええ、毎日　歩いて　いるんですよ。

B：電車に　乗りませんか。

A：ええ。満員電車に　乗るのは　たいへんです。

　　それに　本を　読むのも　難しいです。

B：歩くのは　体に　いいですからね。

A：そうですね。

　　わたしは　歩きながら、音楽を　きくのが　好きです。

　　営業の　川田さんが　自転車で　通勤して　いるのを　知って

　　いますか。

B：いえ。

　　あっ、大切な　書類を　持って　来るのを　忘れました。

A：じゃ、お先に。

B：失礼します。

お先に：我先走了

単語

CD B-21

塩(しお) 2	鹽巴
バター 1	奶油
スープ 1	(西餐)湯
鳥肉(とりにく) 0	雞肉
地球(ちきゅう) 0	地球
インド 1	印度
	▼
最初(さいしょ) 0	最初，首先
最後(さいご) 1	最後
真夜中(まよなか) 2	半夜，午夜
ほか 0	另外，其他
参加者(さんかしゃ) 3	參加者
迷子(まいご) 1	迷路的孩子
お金持ち(おかねもち) 0	有錢人
経験(けいけん) 0	經驗
機会(きかい) 2, 0	機會，時機
格好(かっこう) 0	外表，姿態
自己紹介(じこしょうかい) 3	自我介紹
興味(きょうみ) 1, 3	興趣
作文(さくぶん) 0	作文，文章
出口(でぐち) 1	出口
ベル 1	鈴，電鈴
	▼
必ず(かならず) 0	一定，必定
もし 1	如果，假使，萬一
いくら～ても	怎麼～也

移(うつ)ります 4【移る 2】	遷，移
済(す)みます 3【済む 1】	(事情)完了，結束
～出(だ)します【～出す】	開始～，～起來
動(うご)き出(だ)します 6【動き出す 4, 0】	動起來
降(お)ろします 4【降ろす 2】	使下(車、船)；降下
渡(わた)します 4【渡す 0】	交付，交給
過(す)ぎます 3【過ぎる 2】	(時間等)經過；超過
隠(かく)れます 4【隠れる 3】	隱藏，躲藏
信(しん)じます 4【信じる 3】	相信；信賴
ぶつけます 4【ぶつける 0】	使撞上
任(まか)せます 4【任せる 3】	交由，託付
がまんします 1【がまんする 1】	忍耐，忍受
	▼
快適(かいてき)(な) 0	舒適(的)，快活(的)
ぜいたく(な) 3, 4	奢侈(的)

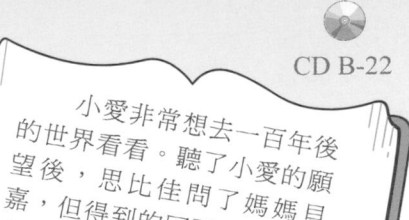

第49課「100年後の　世界」

CD B-22

小愛非常想去一百年後的世界看看。聽了小愛的願望後，思比佳問了媽媽貝嘉，但得到的回覆是不行。有一天，小愛看著思比佳給的紙條，表情興奮不已。紙條上到底寫了些什麼呢？

愛へ

あした　コメットで　向こうの　世界へ　行くよ。

愛も　行きたければ、乗せて　あげる。

秘密だから　だれにも　言わないで。

わたしたちが　コメットに　乗る　前に、

コメットに　乗って。

そして、後ろの　いすの　下に　隠れて。

コメットなら　5分で　向こうに　着くよ。

わたしが　いいと　言うまで　何が　起こっても、

声を　出さないで。

もし　ママに　見つかったら、車から　降ろされるから。

向こうで　いろいろな　ところを　案内して　あげる。

スピカ

次の　日の　朝です。
スピカの　家の　ガレージには　コメットが　止まって　いました。
愛が　車の　前に　立つと、ドアが　スーッと　開きました。
愛は　コメットに　乗って　いすの　下に　入りました。
ドキドキしながら　待って　いると、スピカと　ベガが　来ました。
チッピーも　一緒です。

チッピーは　愛が　隠れて　いる　いすの　上に　座りました。
ベガが　スイッチを　いくつか　押しました。
すると、すごい　音が　して　コメットが　動き出して　大きく　揺れました。
愛は　頭を　いすに　ぶつけましたが、がまんしました。

ドン！　コメットが　止まりました。
「ママは　急いで　いるから、荷物を　運んで　おいてね。」
「はーい。」
ベガが　コメットを　降りて　行きました。

「愛ちゃん、もう　出て　来ても　大丈夫ですよ。」
「チッピーも　知って　いたんですか。」
「僕は　乗ったときから　知って　いましたよ。」

小愛與思比佳、奇皮一同走出車外。

「わぁ！　気持ちが　いいです。
ここは　日本ですか、台湾ですか、アメリカですか。」

「ここは　地球です。
100年後の　世界には　国境は　ありません。
だから、ここは　日本だし、台湾だし、アメリカだし、
インドだし・・・・・・」

「愛ちゃん、空気が　きれいでしょう？
どこへ　行っても、一年中　快適です。」

「すてき！　スピカ、連れて　来て　くれて、
本当に　ありがとう。」

①愛は　どこへ　行きましたか。

____

②「向こうの　世界」まで　どのくらい　かかりますか。

____

③だれが　コメットに　乗りましたか。

____

④愛は　どこに　隠れましたか。

____

⑤チッピーは　愛が　乗って　いる　ことを　いつから　知って　いましたか。

____

49-1 雨が　降ったら、行きません。

もう　少し　　勉強した ｝ら、｛合格します。
値段が　　　　安かった ｝ら、｛買います。
あしたいい　天気だった ｝ら、｛公園に　行きませんか。

- 友達の　都合が　よかったら、一緒に　遊びに　行きたいです。
- スープの　味が　薄かったら、塩を　入れて　ください。
- 鳥肉が　好きでは　なかったら、ほかの　料理を　頼みましょう。
- 熱が　出たら、１時間おきに　体温を　はかって　ください。
- Ａ：もし　百万円　あったら、何が　したいですか。
  Ｂ：カナダへ　行きたいです。

49-2a 雨が　降っても、行きます。

汚れて／安くて／休みで　も、　洗いません。／買いません。／働きます。

- 汚れても、洗いません。
- 安くても、買いません。
- 休みでも、働きます。

▶ お金が　たくさん　あっても、幸せでは　ありません。

▶ その女の子は　真夜中を　過ぎても、帰って　来ませんでした。

▶ 安くなくても、便利だから　この部屋を　借ります。

▶ 下手でも、歌う　ことが　好きです。

▶ 男の人でも、その荷物は　持てません。

49-2b だれが　来ても、会いません。

何を　食べて／どれを　買って／だれに　話して／いつ　行って／どこを　探して　も、　おいしいです。／同じ　値段です。／信じません。／留守です。／見つかりません。

- 何を　食べても、おいしいです。
- どれを　買っても、同じ　値段です。
- だれに　話しても、信じません。
- いつ　行っても、留守です。
- どこを　探しても、見つかりません。

▶ 何が　あっても、絶対　合格します。

▶ どこへ　行っても、ｅメールで　連絡できます。

▶ あの人の　名前は　だれに　聞いても、わかりません。

▶ リーさんは　いつ　見ても、すてきな　格好を　して　います。

▶ いくら　経験が　あっても、６０歳以上の　人は　この会社で　働けません。

49-3 急げば、間に合います。

説明書を　読め ｝ば、｛ わかります。
今　忙しけれ ｝　　 ｛ 後で　来ます。

暇 ｝なら、｛ 会いましょう。
雨 ｝　　　｛ 車で　行きます。

- ▶ この料理は　最後に　バターを　入れれば、おいしく　なります。
- ▶ 興味が　あれば、わたしたちの　お正月の　習慣を　教えて　あげましょうか。
- ▶ 出口が　わからなければ、だれかに　聞いて　ください。
- ▶ 主任が　忙しければ、わたしが　代わりに　会議に　出席します。
- ▶ お金持ちなら、いつでも　ぜいたくな　ホテルに　泊まれます。

對照記憶最有效率！

	条件形		条件形否定	
動詞 I	飲む →	飲めば	飲まない →	飲まなければ
動詞 II	食べる →	食べれば	食べない →	食べなければ
動詞 III	＊する →	すれば	しない →	しなければ
	＊来る →	来れば	来ない →	来なければ
い形容詞	高い →	高ければ	高くない →	高くなければ
	＊いい・よい →	よければ	よくない →	よくなければ
な形容詞	静かだ →	静かなら	静かで(は)ない →	静かで(は)なければ
名詞	雨だ →	雨なら	雨で(は)ない →	雨で(は)なければ

条件形(じょうけんけい)の作(つく)り方(かた)

I 類動詞

洗(あら)います→　洗(あら)えば

行(い)きます→　行(い)けば　　(い段音→え段音＋ば)

話(はな)します→　話(はな)せば

持(も)ちます→　持(も)てば

飲(の)みます→　飲(の)めば

あります→　あれば

呼(よ)びます→　呼(よ)べば

II 類動詞

食(た)べます→　食(た)べれば

見(み)ます→　見(み)れば

III 類動詞

＊来(き)ます→　＊来(く)れば

＊します→　＊すれば

勉強(べんきょう)します→　勉強(べんきょう)すれば

I類和III類動詞的
變化特別

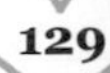

Ⅰ 例（れい）） わたし［は］ 愛（あい）です。

①図書館（としょかん）で 地図（ちず）□ 見（み）れ□ わかります。

②辞書（じしょ）で 調（しら）べて□ わかりません。

③お酒（さけ）□ 飲（の）んだ□ 運転（うんてん）して□ いけません。

④暇（ひま）な□ 海（うみ）□ 見（み）□ 行（い）きませんか。

⑤先生（せんせい）は 何（なに）□ 質問（しつもん）して□ 答（こた）えて くださいます。

Ⅱ 例（れい）1） 安（やす）いです。 買（か）います。

→ 安（やす）かったら、買（か）います。

例（れい）2） 高（たか）いです。 買（か）います。

→ 高（たか）くても、買（か）います。

①あした 天気（てんき）が いいです。 公園（こうえん）で お弁当（べんとう）を 食（た）べましょう。

→

②忙（いそが）しいです。 必（かなら）ず 予習（よしゅう）を して おきます。

→

③寒（さむ）い 日（ひ）です。 コートを 着（き）ません。

→

④お金（かね）が ありません。 困（こま）ります。

→

⑤走（はし）ります。 8時（じ）の 電車（でんしゃ）に 間（ま）に合（あ）いません。

→

⑥あした 暇（ひま）です。 家族（かぞく）と 海（うみ）へ 行（い）きます。

→

Ⅲ例）空港に　着きます。（⇨電話します。）

→　空港に　着いたら、電話します。

①先生が　来ます。（⇨知らせて　ください。）

→

②９時に　なります。（⇨出かけます。）

→

③宿題が　済みます。（⇨テレビを　見ても　いいですよ。）

→

④旅行の　写真が　できます。（⇨送ります。）

→

⑤２時間　運転します。（⇨休む　つもりです。）

→

Ⅳ例）説明書を　読みます。

→　説明書を　読めば、わかります。

①かさを　持って　行きます。

→

②わかりません。

→

③すぐ　起きません。

→

④近いです。

→

⑤準備が　大変です。

→

安心です
~~わかります~~
遅刻します
手伝います
車で　行きません
教えて　あげます

V 例(れい)）（　　　　）へ　行(い)きます。人(ひと)が　多(おお)いです。

→（　どこ　）へ　行(い)っても、人(ひと)が　多(おお)いです。

①（　　　　）と　競争(きょうそう)します。負(ま)けません。

→

②（　　　　）を　読(よ)みます。おもしろくないです。

→

③（　　　　）天気(てんき)です。散歩(さんぽ)します。

→

④（　　　　）行(い)きます。にぎやかです。

→

⑤（　　　　）調(しら)べます。わかりません。

→

どんな　　いつ　　何(なに)　　~~どこ~~　　だれ　　どうやって

CD B-23,24,25

Ⅰ

A：どうしたんですか。

B：①コピーの　機械が　動かないんです。

　どうしたら　いいですか。

A：②事務所の　人に　言えば、いいですよ。

（1）①カメラが　故障しました　　②お店に　持って　行きます

（2）①地図を　忘れました　　②あそこの　交番で　聞きます

（3）①子供が　いません　　②迷子の　放送を　して　もらいます

Ⅱ（Aさんは　旅行の　話を　しました。）

A：何か　質問が　ありますか。

B：①どこで　予約したら、いいですか。

A：②２階の　事務所で　予約して　ください。

（1）①いつ　お金を　払います　　②予約の　ときに　払います

（2）①どこで　チケットを　もらいます　　②空港で　もらいます

（3）①どんな　服を　用意します　　②セーターを　持って　行きます

応用会話

A：このビルは　新しくて　きれいですね。

B：天気が　よければ、あの窓から　富士山が　見えますよ。

　今日も　たぶん　見えると　思います。

A：ここで　仕事が　できたら、気分が　いいですね。

　わたしも　こんな　ところで　働きたいです。

　機会が　あれば、仕事の　話を　聞かせて　ください。

応用編

CD B-26

● 奇皮聽到小愛肚子發出咕嚕咕嚕的叫聲。

「愛ちゃん、朝ごはん、まだでしょう。」

「ええ、朝　早く　家を　出たので、
まだ、何も　食べて　いません。」

「じゃ、ぼくに　任せて。」

「ごはんを　食べたら、いろいろな　ところを
案内して　あげますね。」

「わあ、ありがとう。楽しみに　して　います。」

49-4 卒業し<u>たら</u>、就職します。

ベルが　鳴った 夏休みに　なった ごはんを　食べた	ら、	出発します。 アルバイトを　します。 出かけます。

- ▸ この橋を　渡ったら、東京です。
- ▸ コピーを　したら、部長に　渡して　おきます。
- ▸ 作文が　できたら、先生に　見て　もらいます。
- ▸ 駅に　着いたら、必ず　電話を　かけて　ください。
- ▸ 最初の　あいさつが　済んだら、参加者の　自己紹介に　移ります。

楽しみにしています：(我)很期待

MEMO

単語

CD B-27

単語	
授賞式（じゅしょうしき）3	頒獎典禮
受賞（じゅしょう）0	得獎
名誉（めいよ）1	名譽，榮譽
受付（うけつけ）0	詢問處，服務臺；受理
フロント 0	(旅館等)櫃檯
作曲（さっきょく）0	作曲
締め切り（しめきり）0	截止
本日（ほんじつ）1	本日
この度（たび）2	這次，此次
過去（かこ）1	過去
戦争（せんそう）0	戰爭，打仗
争い（あらそい）0, 3	紛爭；爭奪
原点（げんてん）1, 0	原點
私（わたくし）0	(正式場合的自稱)我
方々（かたがた）2	(敬稱)人們，諸位
一人一人（ひとりひとり）5	每個人
お互い（たがい）0	互相，彼此
いかが 2	如何，怎麼樣
いつまでも 1	永遠
一瞬（いっしゅん）0	一瞬間，一剎那
多く（おおく）1	多
恐ろしい（おそろしい）4	可怕的；(程度)驚人的
よろしい 0, 3	好的；可以的
盛大（せいだい）(な) 0	盛大(的)
世界的（せかいてき）(な) 0	世界性(的)
お宅（たく）0	貴府，府上(敬稱)
ご存じ（ぞんじ）2	(尊敬語)您知道，您認識
いらっしゃいます 6【いらっしゃる 4】	(尊敬語)在；來；去
おっしゃいます 5【おっしゃる 3】	(尊敬語)說；叫，稱
お目（め）にかかります 7【お目にかかる 5】	(尊敬語)與您見面
ご覧（らん）になります 7【ご覧になる 5】	(尊敬語)過目，觀覽
なさいます 4【なさる 2】	(尊敬語)為，做
召し上がります（めしあがります）6【召し上がる 0, 4】	(尊敬語)吃；喝
いたします 4【いたす 2, 0】	(謙讓語)做
伺います（うかがいます）5【伺う 0】	(謙讓語)拜訪；請教
おります 3【おる 1】	(謙讓語)有，在
拝見します（はいけんします）6【拝見する 0】	(謙讓語)看，拜見
参ります（まいります）4【参る 1】	(謙讓語)去；來
申します（もうします）4【申す 1】	(謙讓語)說，講；叫做
～合います（あいます）【～合う】	互相～
苦しみます（くるしみます）5【苦しむ 3】	痛苦；苦惱
絶えます（たえます）3【絶える 2】	斷絕；消失，絕滅
立ち上がります（たちあがります）6【立ち上がる 0, 4】	站起來
生きます（いきます）3【生きる 2】	活，活著
受け入れます（うけいれます）5【受け入れる 4, 0】	接受，接納
伝えます（つたえます）4【伝える 0, 3】	轉告，傳達
認めます（みとめます）4【認める 0】	認同；承認
実現します（じつげんします）6【実現する 0】	實現
承知します（しょうちします）5【承知する 0】	知道；同意，答應
努力します（どりょくします）1【努力する 1】	努力

第 50 課「愛(あい)と　平和(へいわ)の　ために」

CD B-28

小愛偷偷跑來22世紀的事讓貝嘉知道了。此時貝嘉將獲頒NUVEL獎，這是22世紀頒發給對和平有貢獻者的最高榮譽。小愛跟思比佳都要出席這項頒獎典禮。接下來，頒獎典禮即將開始……

（スピカの　家(いえ)で）

❥ 貝嘉打扮妥當，正準備參加頒獎典禮。

「先生(せんせい)、
本日(ほんじつ)は　おめでとうございます。
そろそろ　お出(で)かけに　なりますか。」

「ええ、時間(じかん)ですから、
行(い)きましょう。」

「おかばんを　お持(も)ちいたします。
あちらが　お迎(むか)えの　お車(くるま)でございます。
どうぞ　お乗(の)りください。
皆様(みなさま)　ご一緒(いっしょ)に　いらっしゃいますか。」

「私(わたくし)だけ　先(さき)に　行(い)きます。
スピカ、愛(あい)ちゃん、後(あと)から　来(き)てね。」

「はい。ママ、今日(きょう)の　スピーチ　がんばってね。」

（授賞式会場(じゅしょうしきかいじょう)）

司会者(しかいしゃ)「今年(ことし)の　ヌーベル賞(しょう)の　受賞者(じゅしょうしゃ)は　ベガ博士(はかせ)です。
どうぞ　ステージに　お上(あ)がりください。
受賞(じゅしょう)　おめでとうございます。」

「ありがとうございます。」

ベガの　スピーチが　始まりました。

「この度　ヌーベル賞という　名誉　ある　賞を　いただき、
大変　うれしく　思って　おります。
私は　時間旅行を　する　ことで
さまざまな　ことを　体験いたしました。
また、過去から　多くの　ことを　学びました。
戦争の　恐ろしさ、教育の　大切さ、
そして、人を　愛する　ことの　素晴らしさです。
１００年前の　世界では　争いが　絶えず、
多くの　方々が　病気や　戦争で　苦しまれて　いました。
しかし、人類は　一人一人の　違いを　認め、
そして、お互いを　知り合い、伝え合い、受け入れ合い、
学び合って　参りました。
その結果、地球は　一つに　なり、
国境の　ない　平和な　世界が　実現いたしました。
私たち　地球人　すべての　原点は
『**Love & Peace**』です。
これからも『愛と　平和』の　ために、
研究を　続ける　つもりでございます。
皆様　ありがとうございました。」

会場は　一瞬　シーンと　なりました。
しかし、すぐに　会場全員が　立ち上がり、
盛大な　拍手を　ベガに　送りました。

貝嘉演講完後……

「愛ちゃん、もう　21世紀に　戻る　時間だわ。
チッピー、愛ちゃんを　21世紀まで　送って　行って。」

「かしこまりました。」

「愛ちゃん、元気でね。」

「ベガさんも　お元気で。」

「21世紀と　22世紀に　別れても、
いつまでも　わたしたちは　友達よ。」

「そうね。21世紀に　戻ったら、わたしも
『愛と　平和』の　ために、努力して
一生懸命　生きて　いく　つもりよ。」

「もちろん　わたしも。」

「愛と　平和の　ために・・・。」

(お)元気で：(分別時說)請保重

①ベガは　何から　たくさんの　ことを　学びましたか。

____

②22世紀に　戦争が　ありますか。

____

③愛は　どこへ　戻りますか。

____

④愛を　送って　行くのは　だれですか。

____

⑤地球人　すべての　原点は　何ですか。

____

50-1a ご住所と　お名前を　教えて　ください。

▸ ご家族の　皆様は　お元気ですか。

▸ ご結婚　おめでとうございます。

▸ 先生、お手紙が　届いて　います。

▸ お子さんは　男の子ですか。

▸ 今日は　日曜日ですが、ご主人様は　お仕事ですか。

★お＋名詞★

お財布・お天気・お休み・お風呂・お誕生日・お食事・お写真・お国

★ご＋名詞★

ご家族・ご説明・ご連絡・ご予約・ご両親・ご招待・ご職業・ご紹介

50-1b この靴は　日本製でございます。
（＝この靴は　日本製です。）

▶ 次の　駅は　東京でございます。

▶ こちらは　鈴木教授の　研究室でございます。

▶ Ａ：もしもし。

Ｂ：はい、さくらホテルでございます。

▶ Ａ：桜田でございます。よろしく　お願いします。

Ｂ：こちらこそ、よろしく　お願いします。

50-1c お手洗いは　あちらに　ございます。
（＝お手洗いは　あちらに　あります。）

▶ フロントは　右側に　ございます。

▶ 受付は　２階に　ございます。

▶ 店員：こちらは　フランスの　かばんでございます。

お客：もっと　安いのは　ある?

店員：はい。ございます。こちらは　いかがですか。

こちらこそ：哪裡哪裡，我才是

50-2a 社長(しゃちょう)は　毎朝(まいあさ)　日本茶(にほんちゃ)を　飲(の)まれます。

- お客様(きゃくさま)、新聞(しんぶん)を　読(よ)まれますか。
- 部長(ぶちょう)は　駅(えき)まで　歩(ある)かれました。
- 先生(せんせい)は　毎朝(まいあさ)　散歩(さんぽ)されて　います。
- 社長(しゃちょう)の　奥様(おくさま)は　イギリスへ　行(い)かれた　そうです。
- こちらの　歌(うた)は　世界的(せかいてき)に　有名(ゆうめい)な　坂本龍一(さかもとりゅういち)さんが　作曲(さっきょく)されました。

：變化與p.6的受身形相同

I類動詞

飲(の)みます → 飲(の)ま~~ない~~ ＋ れます → 飲(の)**まれ**ます

行(い)きます → 行(い)か~~ない~~ ＋ れます → 行(い)**かれ**ます

II類動詞

起(お)きます → 起(お)き~~ない~~ ＋ られます → 起(お)き**られ**ます

食(た)べます → 食(た)べ~~ない~~ ＋ られます → 食(た)べ**られ**ます

III類動詞

＊来(き)ます→　**来(こ)られ**ます

＊します→　**され**ます

確認(かくにん)します→　確認(かくにん)**され**ます

50-2b 社長(しゃちょう)は　毎朝(まいあさ)　日本茶(にほんちゃ)を　お飲(の)みに　なります。

お客様(きゃくさま)は　新聞(しんぶん)を	お	読(よ)み	に　なります。
社長(しゃちょう)の　奥様(おくさま)は		帰(かえ)り	
先生(せんせい)は　タクシーに		乗(の)り	

- 先生(せんせい)は　こちらの　辞書(じしょ)を　お使(つか)いに　なりますか。
- 加藤社長(かとうしゃちょう)は　本日(ほんじつ)の　会議(かいぎ)で　お話(はな)しに　なります。
- こちらの　絵(え)は　鈴木(すずき)さんの　ご主人(しゅじん)が　おかきに　なりました。
- スミス先生(せんせい)は　さくらホテルに　お泊(と)まりに　なって　います。
- 佐藤様(さとうさま)は　もう　お休(やす)みに　なりましたか。

50-2c 社長(しゃちょう)は　毎朝(まいあさ)　日本茶(にほんちゃ)を　召(め)し上(あ)がります。

- 先生(せんせい)は　毎朝(まいあさ)　９時(じ)に　大学(だいがく)に　いらっしゃいます。
- 社長(しゃちょう)は　テレビを　ご覧(らん)になって　います。
- すみません。リーさんを　ご存(ぞん)じですか。
- 今日(きょう)の　午後(ごご)　テニスを　なさいますか。
- 先生(せんせい)は　「論文(ろんぶん)の　締(し)め切(き)りは　金曜日(きんようび)です。」と　おっしゃいました。

50-2d こちらに　お名前(なまえ)を　お書(か)きください。

こちらで　お待(ま)ち
会議室(かいぎしつ)に　お入(はい)り　｝ください。
ご都合(つごう)を　ご連絡(れんらく)

- 皆様(みなさま)　お立(た)ちください。
- 説明書(せつめいしょ)を　お読(よ)みください。
- こちらの　ペンを　お使(つか)いください。
- どうぞ　ご利用(りよう)ください。
- 何(なん)でも　ご相談(そうだん)ください。
- A：あした　何時(なんじ)に　来(き)たら　いいですか。
  B：ご都合(つごう)の　よろしい　時(とき)に　お越(こ)しください。

お越(こ)しください：請來，請去，請光臨
（為「来て／行って　ください」的尊敬語）

50-3a お荷物を　お持ちします。／お持ちいたします。

先生に　写真を　お見せ
私が　社長を　お送り
工場の　中を　ご案内
　　　　　　　　　　　　　　　　　｝します。／ いたします。

- お食事を　お作りいたします。
- 資料を　作るのを　お手伝いいたします。
- Ａ：ピザ　２枚　届けて　くれますか。
  Ｂ：はい、３０分以内で　お届けいたします。
- 渋谷大学の　藤井先生を　ご紹介します。
- 飛行機の　チケットは　こちらで　ご用意いたします。

50-3b 明日　先生の　お宅に　伺います。

- 私は　鈴木と　申します。よろしく　お願いいたします。
- 先生が　おかきに　なった　絵を　拝見しました。
- あさって　９時に　こちらに　参ります。
- 結婚式で　先生の　奥様に　お目にかかりました。
- 今度の　日曜日は　ずっと　家に　おります。
- Ａ：まだ　学校に　勤めて　いらっしゃいますか。
  Ｂ：いいえ、現在　自動車会社に　勤めて　おります。

敬語（けいご）（特別（とくべつ）な形（かたち））

尊敬語（そんけいご）	普通（ふつう）の言（い）い方（かた）	謙譲語（けんじょうご）
なさいます	します	いたします
いらっしゃいます おいでになります	います	おります
いらっしゃいます おいでになります お越（こ）しになります	行（い）きます 来（き）ます	参（まい）ります
おっしゃいます	言（い）います	申（もう）します 申（もう）し上（あ）げます
召（め）し上（あ）がります	食（た）べます 飲（の）みます	いただきます
ご覧（らん）になります	見（み）ます	拝見（はいけん）します
×	聞（き）きます 尋（たず）ねます 訪（たず）ねます	伺（うかが）います
ご存（ぞん）じです	知（し）っています	存（ぞん）じています 存（ぞん）じております
×	あげます	さしあげます
×	もらいます	いただきます ちょうだいします
くださいます	くれます	×
×	会（あ）います	お目（め）にかかります
お召（め）しになります	着（き）ます	×

Ⅰ 例(れい)）わたし[は]　愛(あい)です。

①こちらの　本(ほん)を　ご覧(らん)□なって　ください。

②今日(きょう)の　夜(よる)　家(いえ)□　おります。

③佐藤先生(さとうせんせい)に　お目(め)□かかった　ことが　あります。

④明日(あす)　研究室(けんきゅうしつ)に　伺(うかが)って□　いいですか。

⑤私(わたくし)は　山田花子(やまだはなこ)□　申(もう)します。

Ⅱ 例(れい)）先生(せんせい)は　コーヒーを　飲(の)みます。

→　先生(せんせい)は　コーヒーを　飲(の)まれます。

①先生(せんせい)は　公園(こうえん)を　歩(ある)きます。

→

②鈴木(すずき)さん、この新聞(しんぶん)を　読(よ)みますか。

→

③ワンさんは　9時(じ)に　来(き)ます。

→

④お昼(ひる)ごはんは　何(なに)を　食(た)べますか。

→

⑤佐藤社長(さとうしゃちょう)は　もう　帰(かえ)りましたか。

→

⑥部長(ぶちょう)は　あしたの　会議(かいぎ)に　出(で)ます。

→

⑦田中(たなか)さんは　毎朝(まいあさ)　体操(たいそう)を　します。

→

Ⅲ例）先生は　コーヒーを　飲みます。

→　先生は　コーヒーを　お飲みになります。

①加藤教授は　この本を　書きました。

→

②部長は　会社を　休みました。

→

③コー先生は　学生に　本を　貸しました。

→

④キムさんは　買い物に　出かけました。

→

⑤社長の　奥様は　サンドイッチを　作りました。

→

Ⅳ例）先生は　教室に　来ました。

→　先生は　教室に　いらっしゃいました。

①先生は　写真を　見ました。

→

②社長は　「あしたの　会議は　5時からだ。」と　言いました。

→

③ケンさんの　電話番号を　知って　いますか。

→

④ビールと　ワイン、どっちを　飲みますか。

→

⑤先生は　研究室に　います。

→

V 例(れい)）部長(ぶちょう)、かさを　貸(か)します。

→　部長(ぶちょう)、かさを　お貸(か)しします。

①かばんを　部屋(へや)まで　運(はこ)びます。

→

②駅(えき)まで　車(くるま)で　送(おく)ります。

→

③荷物(にもつ)を　会社(かいしゃ)まで　届(とど)けます。

→

④会議(かいぎ)の　資料(しりょう)を　作(つく)るのを　手伝(てつだ)います。

→

⑤京都(きょうと)の　お寺(てら)を　案内(あんない)します。

→

VI 例(れい)）先生(せんせい)の　家(いえ)に　行(い)きます。

→　先生(せんせい)の　お宅(たく)に　伺(うかが)います。

①スミス教授(きょうじゅ)に　会(あ)いました。

→

②父(ちち)は　今(いま)　家(いえ)に　います。

→

③先生(せんせい)の　絵(え)を　見(み)ました。

→

④キムさんから　先生(せんせい)の　住所(じゅうしょ)を　聞(き)きました。

→

⑤わたしは　台湾(たいわん)から　来(き)ました。

→

話しましょう

CD B-29,30,31

Ⅰ

A：鈴木社長は　本日　会社に　①<u>戻られ</u>ますか。

B：はい。

A：すみませんが、社長に　②<u>こちらの　書類を　お見せ</u>くださいますか。

B：かしこまりました。

（１）①帰ります　　②こちらの　資料を　渡します

（２）①来ます　　②明日の　都合を　聞きます

（３）①行きます　　②会議の　時間を　伝えます

Ⅱ

A：先生、まだ　<u>パソコンを　お使い</u>になりますか。

B：いいえ、もう　<u>使いません</u>。

A：では、<u>使わせて</u>　いただきます。

B：どうぞ。

（１）新聞を　読みます

（２）インターネットで　調べます

（３）そのＣＤを　ききます

応用会話

お客さん　：すみません、ちょっと
　　　　　　来て　いただけますか・・・。

ホテルの人：いかが　なさいましたか。

お客さん　：エアコンが　壊れて　いる
　　　　　　ようなので、見て　欲しいんですが。

ホテルの人：承知いたしました。すぐに　伺います。

お客さん　：お願いします。

MEMO

索引(さくいん)

（註：外來語後以<>標示語源出處，未標明國名者表示源自英語，標明「和」者為和製英語。）

あ

い

う

え

お

か

き

さしあげます 5【さしあげる 0,4】 L44

さします 3【さす 1】 L47

刺(さ)します 3【刺(さ)す 1】 L41

作曲(さっきょく) 0 L50

さて 1 L45

座布団(ざぶとん) 2 L43

様々(さまざま)(な) 2,3 L48

参加者(さんかしゃ) 3 L49

産業(さんぎょう) 0 L46

し

～市(し) L40

幸せ(しあわせ)(な) 0 L39

塩(しお) 2 L49

司会者(しかいしゃ) 2 L45

しかります 4【しかる 0】 L38

指揮棒(しきぼう) 2,0 L46

自己紹介(じこしょうかい) 3 L49

下着(したぎ) 0 L39

支度(したく) 0 L46

しっかり 3 L41

実験(じっけん) 0 L46

実現(じつげん)します 6【実現(じつげん)する 0】 L50

自動翻訳機(じどうほんやくき) 7 L39

品物(しなもの) 0 L44

自分(じぶん) 0 L47

島(しま) 2 L39

事務所(じむしょ) 2 L41

締め切り(しめきり) 0 L50

社員(しゃいん) 1 L46

社会(しゃかい) 1 L48

習慣(しゅうかん) 0 L48

十分(じゅうぶん)／充分(じゅうぶん) 3 L42

受験生(じゅけんせい) 2 L39

首相(しゅしょう) 0 L42

受賞(じゅしょう) 0 L50

授賞式(じゅしょうしき) 3 L50

主人公(しゅじんこう) 2 L42

出場(しゅつじょう)します 6【出場(しゅつじょう)する 0】 L46

自由(じゆう)(な) 2 L41

主任(しゅにん) 0 L39

定規(じょうぎ) 1 L48

証拠(しょうこ) 0 L42

承知(しょうち)します 5【承知(しょうち)する 0】 L50

情報(じょうほう) 0 L45

城(しろ) 0 L42

信(しん)じます 4【信(しん)じる 3】 L49

神社(じんじゃ) 1 L38

心配(しんぱい)(な) 0 L39

進路(しんろ) 1 L44

す

スイッチ 2,1 <switch> L43

水道(すいどう) 0 L42

スーツ 1 <suit> L44

スープ 1 <soup> L49

すきます 3【すく 0】 L39

過(す)ぎます 3【過(す)ぎる 2】 L49

恥(は)ずかしい 4	L39
恥(は)ずかしがります 7【恥(は)ずかしがる 5】	L47
バス停(てい) 0 <bus+停>	L47
バター 1 <butter>	L49
発見(はっけん)します 6【発見(はっけん)する 0】	L38
発明(はつめい)します 6【発明(はつめい)する 0】	L38
パトカー 3, 2 <patrol car>	L45
話(はな)し合(あ)い 0	L48
花束(はなたば) 2, 3	L44
林(はやし) 0	L48
番組(ばんぐみ) 0	L48

ひ

日(ひ) 0	L39
光(ひかり) 3	L48
光(ひか)ります 4【光(ひか)る 2】	L46
秘書(ひしょ) 2, 1	L46
非常(ひじょう)に 0	L42
ピストル 0 <pistol>	L45
必要(ひつよう)(な) 0	L39
ひどい 2	L41
一月(ひとつき) 2	L48
人々(ひとびと) 2	L40
一人暮(ひとりぐ)らし 4	L47
一人一人(ひとりひとり) 5	L50
ビニール 2 <vinyl>	L42
ひも 0	L48
病人(びょうにん) 0	L45
開(ひら)きます 4【開(ひら)く 2】	L38
昼休(ひるやす)み 3	L41

ふ

～部(ぶ)	L46
不安(ふあん)(な) 0	L47
封筒(ふうとう) 0	L44
フォーク 1 <fork>	L46
拭(ふ)きます 3【拭(ふ)く 0】	L44
吹(ふ)きます 3【吹(ふ)く 1, 2】	L39
服(ふく) 2	L38
袋(ふくろ) 3	L42
無事(ぶじ)(な) 0	L38
不自由(ふじゆう)(な) 1, 2	L40
普通(ふつう) 0	L47
ぶつけます 4【ぶつける 0】	L49
ぶどう 0	L41
布団(ふとん) 0	L46
踏(ふ)みます 3【踏(ふ)む 0】	L38
プラスチック 4 <plastic>	L42
振(ふ)ります 3【振(ふ)る 0】	L46
プリント 0 <print>	L48
フルート 2 <flute>	L46
フロント 0 <front>	L50
文化(ぶんか) 1	L40
文章(ぶんしょう) 1	L44

へ

ベル 1 <Bell>	L38
ベル 1 <bell>	L49

召(め)し上(あ)がります6【召(め)し上(あ)がる0,4】 L50
珍(めずら)しい4 L44

も

申(もう)します4【申(もう)す1】 L50
燃(も)えます3【燃(も)える0】 L42
木綿(もめん)0 L44
もし1 L49
門(もん)1 L41

や

やかん0 L48
～やすい L42
屋根(やね)1 L39
破(やぶ)れます4【破(やぶ)れる3】 L42
辞(や)めます3【辞(や)める0】 L45
やります3【やる0】 L44

ゆ

有意義(ゆういぎ)(な)3 L40
遊泳(ゆうえい)0 L45
床(ゆか)0 L43
輸出(ゆしゅつ)します5【輸出(ゆしゅつ)する0】 L38
輸入(ゆにゅう)します5【輸入(ゆにゅう)する0】 L38
揺(ゆ)れ始(はじ)めます6【揺(ゆ)れ始(はじ)める5】 L43
揺(ゆ)れます3【揺(ゆ)れる0】 L43

よ

用(よう)1 L46
汚(よご)します4【汚(よご)す0】 L38
汚(よご)れます4【汚(よご)れる0】 L43
夜中(よなか)3 L46
寄(よ)ります3【寄(よ)る0】 L41
よろしい0,3 L50
弱(よわ)い2 L47

ら

ライト兄弟(きょうだい)4 <Wright+兄弟> L38
ライブ1 <live> L42
楽(らく)(な)2 L47

り

留学生(りゅうがくせい)3,4 L48
利用(りよう)します5【利用(りよう)する0】 L46

る

留守番(るすばん)0 L43

れ

冷房(れいぼう)0 L40
レジ1 <register 之略> L39
レッスン1 <lesson> L47

ろ

廊下(ろうか)0 L42
老人(ろうじん)ホーム5 <老人+home> L40
ロビー1 <lobby> L45
ロングドレス4 <long dress> L46

わ

補充語彙（補充單字）

L 50

p146 おいでになります7【おいでになる5】（[尊敬語]在；來；去）

お召しになります7【お召しになる5】（[尊敬語]穿）

申し上げます6【申し上げる5,0】（[謙讓語]說，講）

ちょうだいします3【ちょうだいする3】（[謙讓語]領受）

監修

ｅ日本語教育研究所代表、淑徳大学准教授　白寄まゆみ

著者

ｅ日本語教育研究所
林 隆子・森本礼子・太田絢子・矢次 純・藤井節子
中里徹哉・桜井敏夫・関根巌・林瑞景

ＣＤ録音

元NHKアナウンサー：瀬田光彦

聲優：伊藤香絵（愛）
宮本春香（スピカ）
明田祐季

編集確認担当：奥寺茶茶（e日本語教育研究所）

---

e日本語教育研究所

http://www.enihongo.org